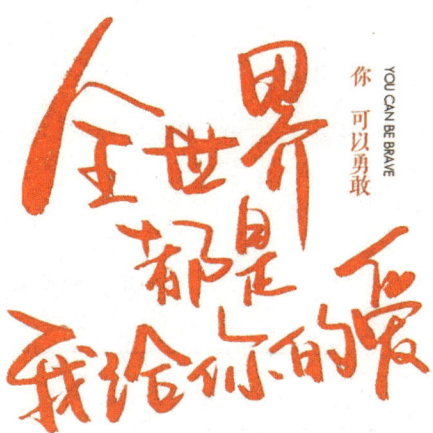

沈晓香 / 著

中国和平出版社

图书在版编目（CIP）数据

全世界都是我给你的爱 / 沈晓香著. -- 北京 ：中国和平出版社，2014.10
ISBN 978-7-5137-0885-2

Ⅰ．①全… Ⅱ．①沈… Ⅲ．①散文集－中国－当代 Ⅳ．①I267

中国版本图书馆CIP数据核字（2014）第237327号

全世界都是我给你的爱
沈晓香 著

出 版 人：肖　斌
责任编辑：刘浩冰
装帧设计：Cincel
责任印刷：石亚茹

出版发行：中国和平出版社
发 行 部：010-82093806
网　　址：www.hpbook.com
经　　销：新华书店
印　　刷：三河市祥宏印务有限公司
社　　址：北京市海淀区花园路甲13号院7号楼10层（100088）

开　　本：880毫米×1230毫米 1/32
印　　张：8
字　　数：160千字
版　　次：2014年12月北京第1版　2017年10月第2次印刷

版权所有，侵权必究

ISBN 978-7-5137-0885-2　　　　　　　　　　定价：36.00元

本书如有印装质量问题，请与我社发行部联系退换。

【推荐序一】

带着爱修行

著名心灵导师　杨峥

得知香香老师的新书《全世界都是我给你的爱》即将出版了，特别为她高兴，因为这本书是她多年一路修行的人生感悟，更是她用生命行走的实践！

书中写道："我们没有权力改变生命，却有权力改变生活，我们没有能力影响世界，却有能力影响自我。"是呀，这个世界到处都是美，我们却缺少了一双发现美的眼睛！这个世界到处都是爱，只有自己内心装满爱，才能获得爱、成为爱、分享爱！

书中写道："一朵花只是需要一点水的浇灌就能吐出芬芳，那么人呢，一个人或许只需要一点点的赞美就能获得能量！"一个人的一生需要5000次的赞美，才能满足爱的养分，不吝啬自己的赞美，就是给别人最大的爱！香香老师是一个非常有灵性的人，她对美的事物有着发自灵魂的追求，在课堂上常常布置着鲜花、洁白的布、香油灯……她甚至在全世界范围内收集独特的音乐，带进课堂让灵魂随着音乐起舞。

香香老师非常勤奋，不管走到哪里上课，她都会带着厚厚的学习笔记，认真地复习并消化整理，成为自己独特的一套理论体系。她说："任何一个万众瞩目的焦点，她的身后一定有着一个咬紧牙关坚定的自己。"对此我深有感触。一次课程中，她脖子落枕了，头一动

推荐序

就疼得厉害，可她还是坚持上完了课，学员们都没有发现，可想而知当时她是用什么样的意念在支撑着。

爱心联盟不断发起慈善活动，我们相信再小的善行都是最大的善行！在云南、贵州、广西、新疆的光明行都有她的身影，在山西少管所、郑州女子监狱都有她的声音！在很多的敬老院、重大灾难的地方都有她的捐款，她不断地用生命影响着生命……

她说："如果你善良，这个世界就不会太坏。"香香老师是一名成功的企业家，当她全身投入公益事业后，大量的时间在全国各地讲课，参加各种活动，留给公司的时间很少，但公司却运营得非常好！这源于公司有一套成熟的系统，以及她对管理人员的信任。她认为善良的自己以心对人，一定会有好回报的。

这本《全世界都是我给你的爱》是香香老师的真实写照，也是她对几十年人生的一个总结，我是一口气读完这本书的，书中的很多场景我很熟悉。她给儿子写的1000多封信，有时候下课很晚了她还在写，真的特别用心！美轮美奂的文字，启迪生命的哲理，行走的智慧，都在本书中有很多细腻的描写！

这世界充满爱，让我们带着爱去修行，带着爱去体验，带着爱去品读她书中点点滴滴的分享与感悟！

如果你能体会到她内心深处的热爱，不妨和她一起：

用心感知世界，

用爱温暖世界，

用行动影响世界。

【推荐序二】

关于美，关于爱

香港著名演员　翁虹

我和香香老师的相识是在北京一个活动的现场。第一次见面就能感觉到她是一个非常有磁场的女人，淡泊恬静，优雅从容，也许这份磁场与她多年的修行有关。一朵花、一棵草、一只蝴蝶都能让她心生怜爱，一盏灯、一壶茶、一首音乐就能让她创造无限美景。

舞台上的她是一位心灵导师、一位灵修者，但她更是一位爱的传播者、使命的推动者，学员们亲切地叫她"香香老师"。在很多人心中，她是一个能够解开无数人内心桎梏的心灵导师。

舞台下她是一个影响者，生活中她用坚持和信念为人生创造了一个又一个奇迹……

她有一双能够发现美的眼睛，有一颗能够创造美的心灵。让一个男人爱上一个女人除了魅力，还有智慧，可让一群女人爱上一个女人，那是需要智慧中的魅力。

书中，香香老师用生活中的点滴，细腻地描写了关于爱的人生经历，让你感受到一个真正的灵修者，修的不只是一颗心，更多的是一种行动。

如果人生是一次简单的旅行，这本书会让你找到如何让旅行更愉悦更美好的方法。如果人生是一场修行，这本书会带着你的心经过从觉察、觉知到觉醒的过程。

【推荐序三】

爱能够连接每一颗心

国际NLP导师　李中莹

一个美好的人儿。

一个爱自己的人儿。

一个不会因为爱自己而感到抱歉害羞的人儿。

她有着一颗美丽的、敞开的心。

她喜欢大家亲切地叫她香香老师。

她受到无数学员的爱戴及支持,她也会用爱去支持他们,更用心去爱他们、引导他们。

她用心、用爱去写这本书,在书里她分享很多小故事及人生体验,她用这些源自灵魂与内心的文字去抚摸读者的心,让这颗心慢慢柔软下来,让爱在这颗心里滋长。于是,这颗心会更爱自己,也更爱身边的人;于是,这颗心会更愿意付出;于是,这个世界会越来越祥和、美丽……

爱能够连接每一颗心,爱能够传递温暖,爱代表着我们对这个世界的最好态度,有爱,就有一切……

在乎爱的朋友,一同来看这本关于爱的书吧。

【推荐序四】

大爱无疆，润物无声

嘉兴市佛教协会会长　贤宗法师

这是一本以人间真爱为主题的好书，它突破了学术性的限制，以平等对话的模式，和读者心心相印地谈爱论心，"润物细无声"般帮助读者修行阅读。故我愿意随喜功德，为其写上几句话，也算慧缘同解，共襄盛举。

从人性谈爱是一个智慧的接引。

在物欲横流、人心烦躁的当今时代，真爱的力量濒临衰减。能够从人性入手，与读者开始良性沟通，这是一个智慧的启蒙和接引。

其实，儒家学说，从来都是从人性出发来启发人的智慧和觉悟的。那就是我们一直所崇仰的"仁"。

什么是仁？儒家讲，仁者爱人。孟子说：见其生不忍见其死，闻其声不忍食其肉，是以君子远庖厨。这也是仁，也是爱。其实仁是用来处理人和人之间关系的素质要求，当然广义地讲，还包括人与物之间的关系。在阅读此书的每一位，你如何处理人际关系？有人说靠法律呀，现在是法治时代。我说这还远远不够。仁，就是爱人，真正的大仁，是连敌人都爱的。换句话说，你不仁，也就是你不够爱人，所以造成一系列问题。你不爱人，当然不能理解别人，当然不能包容别人，当然不能感化别人。

推荐序

《大学》里讲，仁者以财发身，不仁者以身发财。就是仁爱的人仗义疏财以提高自身的修养、德行，而不仁的人不惜以生命为代价去敛钱发财。此是两种截然相反之路。

仁是无尽的财富。我们应该时刻用"仁"字去解读一切，迎对一切。从某种角度讲，仁就是慈悲，就是友善，就是给予，就是付出。

从灵性谈爱是生命本性的回归。

在这个领军层面来说，真爱，已经进入了智慧的频道，作者注意到了这个人生信仰的大问题，那就是人生目的是否做出了正确的导航。人生没有方向感，会给生命带来困惑和迷茫，这是个不争的事实。所以我们在日常社会生活中，经常看到由于没有目标而荒野无路，生命之车乱开乱闯的悲惨境况。还有一种不良状况是自甘堕落和放任自恣，也叫做随波逐流，流浪生死，这也是无法自主把握生命的一种悲哀。

只有灵觉，让我们活在觉悟的层面，保持本性的良知良能，做一个能够奉献人生的大菩萨，成贤成圣，也就是成佛作祖。人不立此志向，就不能实现太虚大师所说的"人成即佛成，是名真现实"的总目标。

从生活禅方面来说，作者还提示我们：真爱和欢喜心是在一起的。特别是作者在此书中提醒我们改变世道人心要从改变自己开始。

总之，灵性的回归，从起信开始，怀疑一切，只能浪费掉自己的美好人生。希望大家不要辜负作者的一片良苦用心。

从神性谈爱是超越一切的禅悟。

作者把自己对人生大孝至爱的把握，在行动上，明确地划定在公益上，这就是我们生活禅所推崇的奉献人生境界。如此，我们每一个生命来到人间，那就都明确了自己的使命——奉献。也只有这样我们才能修持来无量的功德福报。

当我们觉悟了自性，那就可以算是点燃了自己内在智慧的心灯，那样我们的人生就突破了黑暗无明。

光明心可以总持人的一生，你追求光明正大，就远离了邪恶阴暗；内心充满了慈悲，就远离了冷漠；充满了宽容，就远离了狭隘；充满了清净，就远离了污浊。如果我们的一生都是光明的，都是这些正面元素在生命圆周表中排列，就不要担心以后。你现在做了什么，这一生是什么基调，就决定了你的未来。

"不俗即仙骨，多情乃佛心。"期待着广大读者能通过此书有所感悟，便也是圆满了。

推荐序

【推荐序五】

爱影响世界

著名歌手、《窗外》演唱者　李琛

  那次去上海，结识了香香。她给我留下了深刻的印象，这其中最让我印象深刻的，要数她的两个出类拔萃的儿子。

  那两个孩子真的很懂事，非常主动热情地为我们沏茶倒水，礼貌大方地和我们一起探讨各种问题。他们毫不害羞地谈了很多自己的想法，关于做人的认知与感悟、关于学习的态度与见解、关于未来的憧憬和期望。有一点小细节很让我感动，在进出电梯时他们总是习惯性地挡住电梯门请其他人先走。

  在两个优秀的孩子身上，我完全可以感受到在他们的成长过程中他们的母亲——香香对他们的教导和熏陶。他们充满活力，热爱学习，热爱生活，他们热爱一切美好与感动，而且难能可贵的是比起将来要成为成功人士的愿景，他们更注重先要做一个好人！

  小小年纪就已经学会了用心去爱周围的每一个人，两个孩子真的非常让我感动，那种发自内心的爱毫无疑问是来自于母亲的言传身教。因为香香就是这样一个人，她用全身心的爱赢得了所有认识她的人的尊重和爱戴，这其中当然也包括我。

  这是一本讲述爱的书，我真心希望大家都能够喜欢这本书，都能够支持可爱的香香，更希望我们都能够更爱自己，也更爱他人——因为爱，可以影响身边的人，可以影响世界！

【目录】

第一部分
爱的人性

第一章
让我们好好爱自己

我要对我好一些 / 2
享受孤独的好时光 / 11
只看我拥有的 / 18
每一种生活都值得认真对待 / 25
谢谢那些伤害我们的人 / 32
顺水而行 / 39

第二章
我的世界有你的一席之地

忧伤的土豆 / 48
自己是一面最好的镜子 / 56
先为人,再为男人/女人 / 64
因为爱你,我要改变我自己 / 71
写给你们的1000多封信 / 80
关于幸福的回答 / 89

第二部分
爱的灵性

第三章
信仰让生命更加虔诚

100 / 花草爱撒娇
107 / 苦难是上天化了妆的祝福
114 / 当下正是修行时
122 / 菩提树下,生命开花
131 / 相信奇迹一直在发生

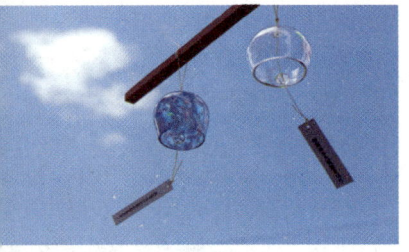

第四章
爱追寻的人有着世间最美丽的面庞

140 / 我喜欢,在路上的自己
148 / 追上灵魂的脚步
157 / 阿尔卑斯山下
164 / 双生,这世界上的另一个我
173 / 有梦可做,有泪可落

第三部分
爱的神性

第五章
致我最爱的爱心联盟

那个嫁给爱心联盟的女人 / 182
把门打开,请您进来 / 189
谁正付出,谁将收获 / 196
生命需要更多的正能量 / 203

第六章
路上最亮的那盏灯

只要人人都献出一点光 / 212
爱很微小,却有力量 / 219
走向光明的路,我们用爱书写 / 227
愿你我与这温暖世界相拥 / 235

全世界都是我给你的爱

第一部分　爱的人性

第一章
让我们好好爱自己

我要
对我
好一些

曾经在一本书里看到这样一个问题:"你做过最勇敢的事情是什么?"后来和朋友讨论这个问题,答案是五花八门。

有人说是嫁给了一穷二白的先生,有人说在怀孕的时候选择离婚,有人说自己一个人背着书包穷游中国,有人说住在一个陌生人的家里,还有人说为了梦想去了人生地不熟的国外念书……

朋友们问我做过最勇敢的事情是什么,我不知如何回答,想了许久,才说出口:"我这辈子做过最勇敢的事情,就是学会了爱自己,让生命能够如此绽放。"

这个答案说出来是那么不起眼,可是对我来说,却是比什么都重要。

在这个充斥着"爱无能"的时代,我们真的会爱吗?

你朝九晚五化着厚厚的妆穿着高跟鞋走到脚痛,这是爱自己吗？你加班到凌晨然后用一碗又一碗泡面打发晚餐，这是爱自己吗？你低着头行走在熙熙攘攘的街头感觉不到周围的温暖，这是爱自己吗？你越来越不愿与人交流不愿和朋友沟通把自己关起来，这是爱自己吗？你把自己交付出去乞讨一个电影角色或者发张唱片，这是爱自己吗？……

多少人不能勇敢正视自己疲惫的双眼？多少人没有勇气真正接纳自己，接纳那个不完美的自己，然后发自内心爱他？多少人总是不满足，对自己要求太高，然后某个深夜蜷缩在被子里号啕大哭？多少人在这一刻，仍旧愁云满面痛恨着失败的自己？……

正因为我们连爱自己都做不到，所以感受不到爱。要知道，**我们没有权利改变生命，却有权利改变生活；我们没有能力影响世界，但是却能影响自我。**

听说每一个将要来到人间的生命，天使都会在他们手中放一颗红豆。

"这颗红豆是你这一生中最重要的东西，它可以为你兑换来你认为最需要的东西，但是当你兑换后，它就会消失，你也会失去这一生中最重要的东西。"天使这样说。

于是那些生命来到了人间，起初他们都紧紧握着那颗宝贵的红豆，他们是那样快乐、那样无忧无虑，他们毫无顾忌地笑，毫无顾忌地哭，有着生命最初的纯白。

但是，时间一点一点过去，在那个物欲横流的世界，有些人慢慢变了。他们禁不住诱惑，最终摊开了手掌，用那颗红豆去交换他们认为最重要的东西。

有的人用红豆交换了金钱，他住在了大大的房子里，穿着华服，享受着别人的羡慕眼光；有的人用红豆交换了荣誉，他有了高贵的地位，那高高在上不同凡人的感觉令他着迷；有的人用红豆交换了爱情，他享受着爱情的玫瑰带来的芳香，他沉醉在那曼妙的声色中不能自已……

可是他们并不快乐，直到死去时，他们都忧愁满面。

用红豆换来金钱的人享受了一世的荣华富贵，可是时时刻刻担心有人抢走他的财富，胆战心惊了一辈子；用红豆交换了荣誉和地位的人享受了高于平民的满足感，却发现身边没有一个真正能够亲近的人，而原本亲近的人，早已离他远去了；用红豆交换了爱情的人，纵然享受着爱情玫瑰的芬芳，却忽略了那玫瑰的刺，最后被那刺扎的鲜血淋漓……

他们不明白为什么仅仅只是交出了那颗红豆，自己就再也不会发自内心地笑了。

这时，天使出现了。天使知道他们的疑惑，便对他们说："我给你们的那颗红豆，其实就是你们自己啊，你就是你这一生最重要的东西啊！当你们把自己交了出去，兑换了无尽的欲望，你怎能快乐起来呢？你已经不在了啊，拥有那些欲望的，仅仅只是一个躯壳而已！"是啊，真正的自己都不在了，还要那荣华富贵锦衣玉食做什么？！

"那没有将红豆兑换出去的人怎么样了？"有人问天使。

天使指了指不远处，说道："那些发自内心笑着的，就是没有将红豆兑换出去的人。他们或许没有从天而降的金钱、荣誉、爱情，但是他们努力做自己，努力生活，他们对生命充满了信心，对自己、对未来也充满了信心。或许他们现在贫穷，但是他们的心灵是富足的。**他们珍惜那颗红豆，就是在珍惜自己，懂得珍惜自己的人，当然会珍惜他人，所以金钱、荣誉、爱情亦会随着这份爱而来，他们也会拥有最富足、幸福的一生。**"

听了天使的话，这些人懊悔不已，他们请求天使告诉他们如何能找回那颗红豆。

天使说："已经兑换了的红豆，虽然消失了，但是只要你用心寻找，便一定能将它寻回来。因为**红豆其实一直在你身边，只是你那被欲望蒙蔽的双眼看不到罢了。**"

当匮乏变成社会的主流，满足就像是一个遥不可及的梦。所以欲望想要吞噬现实，于是这么多人在夹缝中痛苦不堪。

这一刻，让我们摊开手掌心，看一看属于自己的那颗红豆，是否还在自己手中呢？如果还在，请珍惜它，如果已经消失，请放下那些"欲望"与"执念"，再一次将它寻找回来吧。

朋友问我是如何爱自己的。这个问题看起来太过宽泛，回答起来却是如此简单。

我喜欢一切美的事物，不管是世外桃源的风景还是城市里的风光，不管是阳台的盆栽还是路边的小花，就算是天空飘来的一片云，我也能在这不息的变换中找到生命的颜色。

美对于我们来说是什么？要知道，美可不仅仅是赏心悦目的构图与色彩啊。

我时常忙到半夜才能驱车回家。一天结束，回家的路上我并不消沉，车里放着美妙的音乐，在这城市的沉寂中感受生命的欢欣，精神的欢愉打开思想的门扉，让明天变得更加圆满。

有时候家里只有我一个人，打开红酒，点燃小小的精油蜡烛，在淡淡的香氛中和自己起舞，灯光下，影子里，或许连时间都微醺了。

因为工作缘故我总是满世界飞，有时候甚至一天走过三个城市，打发旅途时光，我总会带着很多书。书很重啊，但这是甜蜜的负担，忙碌的间隙翻开书，如同触摸到了别样的灵魂。

我养着很多植物，在闲暇的日子给它们浇浇水，看着它们绿油油的模样，好像能听到它们拔节时候的心跳，这样的静谧时光，也是幸福了。

我时常在五星级饭店用餐，但是也喜欢和亲人孩子坐在路边摊吃小吃，不必在意他人的眼光，做最真实的自己难道不好吗？

我会偶尔送给自己一些小礼物，当做生命中的一次惊喜，正因为有了这些美好的惊喜，对未来的日子才有了更多期盼。

我经常会遇到很多不同的人，我总是让自己看到每个人的好，看到每个人身上的闪光点，因为也许不会再相见，但是至少记住曾有人在某一瞬间给你的世界带来全新的感触。

我喜欢结交不同的朋友，好像能在他们身上看到另一个自己，而这些朋友也总是能提醒我让我变得更好。

……

或许你已经发现，对自己好，其实并不一定要有多少钱满足自己的欲望，也不一定要有无数漂亮的衣服和包包来填充衣橱，不一定要有英俊或者漂亮的另一半换来路人艳羡的目光。对自己好，其实非常简单——心灵的满足。

当匮乏变成社会的主流，满足就像是一个遥不可及的梦。所以欲望想要吞噬现实，于是这么多人在夹缝中痛苦不堪。

匮乏究竟是什么在匮乏？匮乏究竟是谁的匮乏？——匮乏的其实只是我们的心。

让心满足，金钱与情欲是不能填补内心的空白，你能给自己的，终究只是你心中的美好与圆满。

这世上的美别人是无法给予你的，因为这世界从来不缺少美，缺少的只是能够发现美的眼睛，还有那个愿意发现美的人。

好好爱自己，当你愿意真正接纳自己，爱自己，你会发现这世界在悄然发生变化，"不美好"已然变成了"美好"，"不完美"已然变成了"完美"，这一切，只源于你内心深处的满足。

我要对我好一些，因为我知道，只有我才能看到属于我的美好世界。

我要对我更好一些，因为我知道，我值得拥有更美好的世界。

亲爱的，你也一样。

享受
孤独的
好时光

醒来时阳光正好。

日光从窗外的枝头落下,透过白色的纱帘,落在了窗台上。抬起头,顺着阳光的方向,似乎能看到光跳跃的模样。阳光下细小的尘在飞舞着,为这个寂静的清晨带来一丝热闹。

伸个懒腰,静静地坐一会儿,看着窗外的树影,听着一两声鸟儿飞过时的鸣叫,和着远处若有若无汽车开过的声音。似乎在这时能听到自己的心脏"扑通扑通"跳跃的声音,于是欣然接受生命的愉悦。

光脚丫在地上走来走去,把窗帘拉开感受阳光洒在身上的惬意,每一个毛孔在慢慢张开,吸收这阳光带来的温暖与养分。偌大的屋子里只有我一个人,于是无拘无束享受这独属于自己的静谧时光。

感觉到身体和内心的能量已经满满,洗漱结束后品尝着沉淀在精致玻璃杯中的酸奶，或者吃一点水果，便觉得充满力量。

　　这是一个人时的生活。或许几个小时后，远游的孩子会走进门，带来一室的欢乐与喧嚣，虽然期待着那样的温暖与幸福，但并不代表我不喜欢这一刻的生活。

　　很多时候我总是独来独往。一个人在家里，一个人开着车，一个人在飞往另一个城市的路上，一个人在深夜慢行回家……

　　必须坦白地说，一个人会遇到很多让人揪心的问题。比如深夜车子忽然出了问题，一个人在荒无人烟的高速公路上和车子相依为命，这时想到如果身边有另一个人会怎样，想着想着泪水不禁打湿眼眶；再比如从远方游学归来，看到同行朋友的亲人前来接她，两人亲密地交谈着关于离别和思念的情绪，而我望着窗外万家灯火，黯然神伤。说不羡慕是不可能的，但更多的是问自己为什么要感受这样的冷清。

　　所幸这样的情绪并不多，因为我比谁都懂——

　　"寂寞并不可怕，可怕的是耐不住寂寞。"

　　我知道这世上有太多的人耐不住寂寞了。

　　当我们独自行走在路上，安静的只能听到自己的脚步与心跳，似乎这世界对于我们来说都是陌生的。我们害怕这路程中孤独的呼啸，害怕回过头，连自己都要可怜自己这般孤独的人儿。于是渴望喧嚣，于是用力寻找人群的方向，然后义无反顾地一头扎进去，也不管这人潮将要行至何方。

很多人觉得孤独的人、孤独的人生很可怜，没有陪伴，似乎生命的尽头也是萧索。但我不这样认为，更多时候，我很享受这样的孤独时光，因为这也是一种无与伦比的爱。

我经常会在课程中和学员们分享："**如果你连自己的心都听不到，你还能听到什么？**"

安静的路，孤独的路，并不是我们所想的那样凄凉与无助，只是上天给我们一个机会，让我们慢一些，让我们在一条无人的道路上，好好寻找自己。

我有一间房子，我为她取名叫"静心阁"。

静心阁是一个能量场非常高的地方，仅仅是身在其中，就能感受到自己的身体与精神处在一个非常舒适与享受的状态中，就像是一尾淡蓝色的鱼儿，披着银色的鱼鳞，慢慢摇曳在纯净的水中，那样自由与惬意。

一个人时，我最享受安静待在这里的时光，没有吵闹，没有

"寂寞并不可怕,可怕的是耐不住寂寞。"我知道这世上有太多的人耐不住寂寞了。

纷扰，甚至可以很久不说话——似乎在这里，语言并不是唯一的交流方式。

或是静静办公查找资料，准备上课的课件，工作一整天也不会觉得累，一抬头发现夕阳西下，而精神仍旧充沛万分；

或是坐在阳台的秋千上翻看着手中的书，感受阳光亲吻每一个毛孔的温暖，偶尔合上书，看到湛蓝的天空似乎堆砌在手能触摸到的地方，是这样地徜徉其中；

抑或是在纯音乐与闪烁着微光的蜡烛、精油淡淡的芬芳中闭上双眼打坐，倾听自己内心的声音，能够清楚地感受到来自宇宙的能量与力量。当我疑惑、或者需要修正自己，我总会去听听自己的声音，我知道，我的心中住着一个全然的自己，我愿称她为"神"，因为她是我在这世间的最初、亦是最终的模样。与自己对话，听听内心的需求，听听内在的痛楚与欢欣，我们才会知道怎样去做更好的自己……

年轻时我们都一样，热爱喧嚣，害怕寂寞与孤独。可是当生命慢慢地拔节，岁月静静地沉淀，我们会发现，很多东西和我们最初想要的已经完全不同了。

年轻时我们想要一场轰轰烈烈的爱情，但是现在，我们只求

一个能够静静牵手到老的人——因为我们知道,再轰轰烈烈的爱情,也敌不过细水长流的陪伴;

年轻时我们想要几辈子都用不完的金钱,但是现在,我们只求拥有一个健康的身体——因为我们知道,再多的钱,也买不来健康与年轻的心;

年轻的时候我们想要天涯海角四处漂泊,但是现在,我们只求能够安安稳稳陪在我们的父母与家人身边——因为我们知道,海阔天空就在那里,不增不减,但是我们的爸爸妈妈却已经悄然老去,华发丛生……

于是你会发现,其实生命的本质总会归于安静,而命运最终的版图,也必是踏入宁静的海湾。

所以我们不用惧怕孤独,不用逃避孤独,在沉寂中面对自己的心,当我们愿意享受这孤独时,也许透过生命之窗,你会看到另一种美好时光。

这一刻,如果你孤独着,不妨静下来,享受这孤独的好时光吧。

只看
我
拥有的

某天，偶然和一个女孩儿聊天，我问她："你每天早晨醒来第一件事是干什么？"

女孩儿充满自信毫不闪躲地回答："为了我的目标努力。"

我蛮有兴趣，便接着问："那你的目标是什么呢？"

女孩儿脸上的笑容凝固了一瞬间，紧接着她回答道："其实和很多人的目标一样——有很多钱，找到一个高富帅男朋友，生一个漂亮的孩子。"

我愣了一下，问她："这目标对你来说有什么特殊意义吗？"

她亦是一愣，想了想说："这样我会觉得生活很幸福，对于一个女生来说，生命的意义其实不就是这些吗？"

我沉默了一会儿，又问她："那你离这些目标近吗？"

她的笑容消失了，说："很远呢。因为我没有很多钱，长得也很普通，找不到高富帅男朋友，更别提生个漂亮宝贝了。"

我点点头，追问道："那你在追寻这些目标时，觉得快乐和幸福吗？"

女孩儿沉默了，过了许久，才轻轻摇摇头。

如果我们在追求幸福的道路上感觉不到幸福，那么我们究竟在追求什么？

——我们是在追求别人的幸福！

我曾经和一位老朋友探讨过什么才是真正的人生目标。朋友说，真正的人生目标，是你在追寻的过程中内心丰盛充满快乐与幸福，并且对目的地坚持到底。如果你觉得在追寻的路程中不快乐，甚至有些痛苦，那这个人生目标一定不是适合你的、真正的人生目标。

的确，有些时候，我们本来就拥有别人无法企及的宝物，却对它视若无睹，反而将海市蜃楼当做自己生命的全部意义。

如果你真的爱自己，何必让自己如此痛苦呢？

用一生去追寻那些根本不会让自己觉得幸福的镜花水月，究竟是为了什么呢？

有一个女孩儿，如花似玉的年纪里却遭遇了一场大火，严重烧伤外，她那一头美丽的长发也在烈火的无情吞噬下荡然无存。可是她并没有放弃，她那乐观积极的生活态度感染了很多人。后来有媒体采访她，问她为什么能够振作起来。她笑着说："你难道没有发现吗？我的指甲很漂亮啊。"女孩儿顿了顿，继续说，"我只看我这一刻拥有的，而不看我已经失去的。我失去的已经追不回来，所以我更要珍惜当下的幸福！"

关于幸福，关于追寻，关于目标，每个人都有着不一样的定义。

也许你的幸福是赚一百万，而她的幸福则是承欢父母膝下永远做一个无忧无虑的人儿；

也许你的追寻是天涯海角的自由，而他的追寻则是一个人的背影；

也许你的目标是成功进入上流社会，而他们的目标则是无怨无悔体验今生……

每个人想拥有的是那样不同，有人曾说："你一直追寻的，永远是你匮乏的。"是啊，正因为没有得到过，所以我们想要去得到，所以我们才会忽略已经拥有的幸福与美好。

当你羡慕别人的男朋友开着豪车接送她上班时，往往忽略了自己的男朋友为踩了一天高跟鞋的自己揉着脚腕；

如果你觉得在追寻的路程中不快乐，甚至有些痛苦，那这个人生目标一定不是适合你的、真正的人生目标。

当你感慨别人的父母是富翁能够让他一生衣食无忧时,往往忽略了自己的爸爸妈妈不论多晚都会等你回家吃饭;

当你崇拜别人能够行走四方见到更广阔的世界时,往往忽略了自己拥有的那个全世界最温暖的小窝……

也许你会说:"我拥有的太少了,我的生活太匮乏了。"但是,真的匮乏吗?

曾经有个心理学家做了这样一个实验,他给参加实验的每个人发了一张纸,让他们在正面写下自己想要拥有的东西,然后在背面写下自己已经拥有的。

写完后,他请在场的一位女士宣读自己想要拥有的东西,女士大声念道:"我想要换一辆新车;我想要多一些的钱;我想要去环游世界;我想要住一所大房子;我想要一个喜欢笑的先生;我想要我的孩子学习优秀;我想要在公司出人头地……"

心理学家又请这位女士再宣读自己已经拥有的东西,女士将纸翻过来,沉默了一下,慢慢念道:"我拥有一个完整的家庭;我拥有一双可爱的孩子;我拥有一个不爱笑但是很温柔的先生;我拥有一个温暖的小屋;我拥有一辆修理了很多次但是依旧能够发动的汽车;我拥有一群可以一起进步的同事;我拥有至少不会

全世界都是我给你的**爱**

让全家饿肚子的钱;我拥有健康的身体;我拥有仍然健在的父母;我拥有几个兄弟姐妹;我拥有一条非常可爱的大狗……"这位女士读着读着哽咽了,她放下手中的纸,对在场的所有人说:"我忽然想回家拥抱我的亲人和我拥有的一切,因为我居然忽视了他们那么久。"

这时,心理学家让在场的所有人对比纸上"我想要拥有的"和"我已经拥有的"两者的数量,大家这才发现,原来自己已经拥有的东西居然这么多,而相比之下那些"想要拥有的东西"显得是那样的贫乏与可有可无。

我们拥有的宝物,远比我们追求的东西要多无数倍。

你拥有的健康,是多少躺在病床上的人梦寐以求的;

你拥有的家人,是多少失去亲人的人心心念念的;

你拥有的恋人,是多少孤独的人一直渴望的;

你拥有的现在,是多少人魂牵梦绕的未来!

所以,我们还有什么理由去抱怨这个世界呢?

我热爱这生命中的一切美好,我珍惜这生命中的一切应该珍惜的,所以,我只看我拥有的——

因为我知道,这就是幸福了。

每一种
生活都值得
认真对待

从2012年开始,我每年都会在印度待一段时间。当我又一次走在合一大学的校园里,看着不远处似乎伸手就可以触摸到的阳光,看着对面缓缓走来肤色不同但是同样目光虔诚的人们,微笑与他们擦肩而过。

在这里,似乎一切都慢了下来。

曾经的我长居于繁忙的都市,每日为了工作奋不顾身,"女强人"对我来说是一个非常精准的评价——务实、雷厉风行、拼命……这样的生活状态对我而言其实是多么自然,可是某一天,我忽然害怕自己这样下去会迷失方向,便想要停下来,放慢脚步,感受忙碌以外的世界。

于是,我踏着晨雾缓缓走过江南小镇,骑马驰骋塞北草原,路过夜晚霓虹灯下的陌生城市,在某一座雪山下驻足停留,清晨打开窗伸一个懒腰眺望雨中的边境,听着陌生的民谣让灵魂与身体翩翩起舞……

这样缓慢的节奏让我再一次遇见最初的自己，我热爱这样缓慢的行走，因为我比谁都要清楚：现在的我虽然走得很慢，但是我从未停下来。

但是，享受到了缓慢生活的美好时，我开始质疑曾经的生活，我开始问自己：你曾经那样拼命工作真的对吗？你曾经只顾着公司事业而错过了那么多美好值得吗？你曾经的女强人状态真的是必要的吗？还是你只是喜欢那种状态的满足感？……当我在不断地质疑自己曾经的生活时，越发觉得自己是这样痛苦不堪。

还有什么能比否定自己更让人痛苦呢？还有什么能比否定自己曾经的生活更让人茫然呢？

幸运的是这样的痛苦与茫然并没有持续很久，仅仅是偶然间看到的一个小故事便让我茅塞顿开。

说是有一年夏天，小和尚离开老和尚下山去了，等到夏天快结束时他才回来。

老和尚关切地问小和尚："你这个夏天过得怎么样啊？都做了些什么呢？"

我热爱这样缓慢的行走,因为我比谁都要清楚:现在的我虽然走得很慢,但是我从未停下来。

小和尚开心地回答:"我在山下自己开垦了一块土地,播撒了种子,每天锄地施肥,就等着收获啦。"

老和尚赞许地说:"很好,看来你这个夏天没有白过啊。"

小和尚又反问老和尚:"那您这个夏天都做了些什么呢?"

老和尚笑着说:"我这个夏天可没有做什么,就是每天按时吃饭按时睡觉。"

小和尚听了也笑着说:"那您这个夏天也没有白过啊。"

多么简单的一个故事啊,多么简单的道理啊,而我们却容易陷入自我评判的深渊中无法看清楚自己——只要面对生活,不管是何种生活,都能够认真对待,便足够啊!

我问自己:"你真的后悔曾经忙碌的生活吗?你真的后悔做一个女强人吗?你真的错过了很多很多的美好吗?"

我静下来,我慢下来,我似乎看到我内心的那个最纯净的自我摇了摇头,我听到她轻轻地说:"不,我不后悔。"

那一刻我几乎是潸然泪下。是啊,我不后悔!

我不后悔曾经是一个工作狂,因为我清楚地知道如果我不去拼命奋斗也许我无法养育孩子无法成为家人的支撑;我不后悔做一个女强人,因为我知道如果我不强大起来这个潮水滚滚的商业

海洋也许瞬间就会将我吞没；我不后悔曾经错过了很多美好，因为我知道如果我没有错过那些也许我现在依旧不懂得珍惜这些美好……我不后悔，我不后悔！

不管是快节奏的工作狂还是现在慢下来体验一切，这些我都用心认真对待了，没有为自己留下遗憾，这不就够了吗？为什么要去否定呢？

但是，否定生活的人少吗？不，不少，而且更多的时候，很多人喜欢去否定别人的生活。

一个母亲，如果她希望自己的孩子成为一个经济时代的弄潮儿，而不希望自己的孩子成为一个普普通通的修理工，于是她会用尽一切办法否定孩子作为修理工的骄傲；

一个儿子，如果他希冀自己的爸爸是一名翻云覆雨的官员，而不愿承认自己的爸爸是一名普普通通的农民工，于是他会想尽一切办法否定父亲作为农民工的尊严；

一个妻子，如果她期望自己的丈夫是一个生来就荣华富贵相拥的富二代，而不愿意面对自己的丈夫是一个普普通通的白领，于是她会用尽一切理由来否定丈夫作为白领奋斗的姿态……

为什么很多人不幸福,因为他们不能正视现实,所以他们也就看不到现实赋予他们的一切意义。于是他们否定别人,否定别人的选择,否定别人的生活。可是亲爱的,你要知道,每一个人都有自己存在的意义,每一种选择都有必将抵达的另一片天地,每一种生活都值得尊重与认真对待啊!

承认他人,承认他人的选择,承认他人的生活,这其实就是爱。毫无保留的爱不仅仅滋润了对方,也会沁入自己的心田。这也是爱自己啊。

每一种生活都值得认真对待,因为这世间没有回头的路;

每一种生活都值得认真对待,因为这样我们才不会留下遗憾。

谢 谢
那些伤害
我们的人

很多人眼中我似乎有些神秘，有朋友曾形容就像是隔着一层缥缈的纱，明明近在眼前，却难以触摸到飞舞的灵魂——我看起来是那样幸福与快乐。

于是很多人对我说："真想变成你这样的人儿，多美好啊。"

我笑着回答他们："你也可以啊，但是要先学会'宽恕'。"

如果你想要真正幸福与快乐，你必须学会宽恕与放下。顾名思义，宽恕对应的是伤害、背叛、放弃——一切负面的情感与情绪。当你真的能够宽恕伤害你的人，你会发现一切都能够放下了，你会如释重负，重新活跃起来。

伤害对你而言是什么呢？是亲人的抛弃，或者另一半的背叛，或者朋友的背信弃义？

我们总是说我们有多么坚强，可是看着遍体鳞伤的自己，才能切身地感受到自己是多么脆弱——是啊，**我们多么脆弱啊！这世上的所有人似乎都被我们赋予了可以伤害我们的能力！**

　　我也是从伤痛中走过的。很多年了，很多常人能够想到的、或是一辈子也想象不到的伤害我都经历过，那些痛苦在很长一段时间里折磨着我的内心。就像被无数只蚂蚁啃噬，而那黑压压的一片，似乎快要遮住了我心头的光芒。

　　我有时会想要抓狂地呐喊，想问问为什么只有我会遭遇这些苦难，难道我真的有做过什么坏事而不得不被打入这痛苦的深渊吗？！如果没有，那为什么是我呢？！我痛恨这心如死灰的自己，更痛恨那个不断伤害我的人！纵使他因为伤害我而被无数人唾弃，我也没有觉得自己心头的痛苦消减半分！

　　那些日子真的很难熬，那些夜晚亦是一个个不眠夜，我寻不到解脱，找不到出口，于是只能让自己在这纠结中越陷越深。

　　幸运的是，一位老师对我讲了一个几乎改变我生命的故事。

　　老师说，我和伤害我的那个人其实都是天使，他是我的小灵魂，我也是他的小灵魂，我们曾幸福地生活在天堂。某一天，我们这两个小灵魂结伴来到人间，可是在人间我感受不到真实的黑夜与白天，我们什么也看不到。于是我对他说："我想看到光啊。"他也是善良的天使啊，他不忍心看到我的忧愁，于是拉着我的手对我说："你想看到光啊，好吧，为了让你看到真正的光，我愿意变成黑夜。"

于是，他幻化成黑夜。当黑夜来临，我觉得万分恐惧，黑漆漆的一片，什么都看不到啊！忽然这时，天空出现了一道闪电！当闪电划破黑色的天空，我欣喜若狂，大声喊着："哇！我看到光了！我终于看到光了！"于是我感谢光，谢谢它让我摆脱对黑夜的恐惧。可是这时的我早已经忘记了那个在黑暗中正独自忍受孤独与寂寞备受煎熬的小灵魂，我忘记了是他化成了黑夜，我才能感受到光的美好。

在我的生命里也有这样的人，他伤害了我，给了我几乎毁灭性的打击，那些伤害是我生命中难以抹平的累累伤痕。

但是有一天，我在飞往北京的飞机上，忽然想起了老师讲的那个故事，于是思绪飘得很远很远。

冥冥中我看到很多人在一间屋子里，大家在体验很多很多的环节，这些体验都是这些人需要寻求解脱的出口。而这时的我想要了解宽恕的力量，我发自内心想要学习这个课题。

这间屋子里关了灯，黑压压的一片，谁是谁都分不清。这时候我看到有个人站了起来,虽然我看不清他的脸,但是我知道他就是那个伤害了我的人。他像一个勇士一般走到我面前,对我说:"我愿意成全你的所有愿望,为了让你明白宽恕是什么,我会用我的一切去帮助你。"

我看到他就是那个小灵魂,他本是一个天使的化身,可是为了让我懂得什么是原谅,他变成了恶魔,用尽一切手段来折磨我、伤害我,他让我痛、让我苦、让我憎恨他!可是在这背后,他遭到无数人的唾骂与指责,所有人都问他:"像她这么好的一个人,你为什么要伤害她?为什么要让她痛苦?你不应该这样做啊!"可是他这个小灵魂什么也不说,只是以恶魔的形态孤独地站在那里,被那么多人指责。

我忽然能够真正感受到他所遭受的那些了,也忽然明白他其实就是陪我从天堂来到人间的那个小灵魂。他为了满足我的愿望,于是他变成了伤害,他让我痛苦让我悲伤,可所有的一切都是为了让我在最后懂得宽恕啊!

当我睁开眼,依旧在飞机上,可这时的我已经完全不是之前的那个我了。我幡然悔悟,坐在那里失声痛哭,把自己积压多年的情绪都释放了出来。我的世界忽然不再沉浸于黑夜,我看到光了!

就在那一刻我顿悟了:原来他带给我的并不是伤害,他带给

能够坦然接受生命路途中的苦难的人，他的从容会让万物为他让路。

我的，其实是生命中最宝贵的东西，是领悟，是宽恕！

我终于挣脱了那痛苦的囚笼，自那以后，我发觉自己变得如此坦然与幸福，这世间的爱与痛，在我眼中都变得美了。**能够坦然接受生命路途中的苦难的人，他的从容会让万物为他让路。**

宽恕其实是一生中最难学的课题之一，多少次也许你想宽恕，可是心头的恨与怨又匆匆遮住你的眼，刚刚想要宽恕的心头又蒙起了黑暗。因我深知这种恨与怨的伤害，也知道走上真正的宽恕之路究竟有多么艰难，所以我不想说服任何人像我一般放手，抛弃愁苦。但是只有一句，希望痛苦中的你能明白：

"衡量一下，你是否真的愿意为了曾经的痛苦而放弃自己的后半生？你是否真的要用满目疮痍的过去拴住自己有着无限可能性的未来？这样真的值得吗？"

我发自内心地相信，相信你会和我一样，终有一天会成为一个幸福快乐的人儿。因为我们都知道，只有经历过逆境、经历过真正人生低谷的人，才能感受到灵魂崛起的欢欣。一个真正体会过孤独、绝望、伤痛的人，才明白世界真正的美好与幸福。

谢谢那些伤害过我们的人吧，因为正是他们，用伤痛为我们上了这生命中最重要的一课——学会宽恕。

顺水
而 行

"女人是水做的。"《红楼梦》中贾宝玉说的这句话可真是一点儿也不假。

或许应该这样形容自己的生命：像水一般，为天地敞开着，慢慢流淌着，用最美最悠然的姿态徜徉着。

其实说起来这无关性别，男人或者女人，这世间万物的本质，都如水一般，真正的水是鲜活的，流动的，永远也不知道它究竟会流淌到何方。它能够渗入泥土，能够漂洋过海，能够变成天空的雨滴，能够幻化成无数的样子。它没有形，只有神秘。

人本该如此，前行，永远也不知道要走向哪里，目的地在我们心中，而这一刻的我们，断然不应在此刻停留。

人生的全部意义究竟是什么，我为此探索了很多年，某一天终于恍然大悟：**为了让灵魂脱离贫瘠且单一的土壤，我们要永无**

休止地探索，走入未知之境，学习，成长。 如果我们拒绝走入未知的世界，那我们的生命注定是贫瘠且单调的。

或许很多人需要等到四五十岁，才能懂得人生真正的意义，可是时间未到，他们也不愿意让自己深入思考，不愿承受，不愿负担，所以现在依旧对这世界发生的一切抱有无所谓的态度。他们想着顺其自然，听天由命，混过一天是一天，不会约束自己，在那"病态"的宽松环境中，任自己自生自灭。

有一期"心灵之旅"的课程让我至今记忆犹新。

那天是课程的第二天，学员们都非常期待今天要上的课程，课进行得很顺利，但意想不到的是正在上课的我忽然话题一转提出要检查作业——这是前一天布置的作业。学员们面面相觑，似乎有些茫然，像是一时半会儿还没有反应过来。

看着学员们有些不知所措的样子，我问他们："你们知道昨天有布置作业吗？"他们用很小的声音回答："知——道——"

我看着他们，不说话，等到喧嚣慢慢散去，整个课堂安静得一根针掉地上都能听到，我才缓缓开口："我相信我们都知道感恩他人，但是为什么那么多人没能做到？我们都知道要注意保持身体健康，但是为什么那么多人没能做到？我们都知道要孝顺父为了让灵魂脱离贫瘠且单一的土壤，我们要永无休止地探索，走入未知之境，学习，成长。

母，可是为什么那么多人没能做到？我们都知道要努力工作闯出一片天，但是为什么那么多人没能做到？那是因为**知道是没有力量的，相信并做到才有力量！**"我的声音久久地在偌大的会场上空盘旋，"**你要懂得，究竟什么才是真正对自己好。**"我用这句话作为那堂课的结束语。

你要懂得，究竟什么才是真正对自己好。

对自己好，不是对自己的所作所为采取放纵态度，也不是听天由命放弃自己，而是当你离开的那一天，你不会在乎有多少人来参加你的葬礼，你只在乎那墓碑上的墓志铭是否写得强韧有力足以代表你的一生。

你要懂得，究竟什么才是真正对自己好。

对自己好，不是拥有多少个朋友没日没夜一起吃饭卡拉OK就能填补内心的空洞，而是当你陷入茫然与无措，有一个人不会在乎你是贫瘠还是富裕，依旧愿意伸出手，为你指引一条走出迷茫的道路。

你要懂得，究竟什么才是真正对自己好。

对自己好，不是选择一条一帆风顺可以规避所有困难与无助的大道，而是当你明白一路上有未知的风险存在依旧愿意只身前往，就算走入苦难的深渊，你也能够保全自我，在苦难中萌芽，在绝望里开花。

举一个简单的例子，一个囚犯在监狱里度过了很多年，但是当他被释放，当他走出牢笼，他会感觉到深深的恐惧，因为他早已经习惯了监狱里的生活，他生活在已知的世界中——他知道什么时间应该吃饭，什么时间需要休息，什么时间需要锻炼身体。现在的他虽然被给予了自由，但是他却害怕，因为他不知道走出监狱外面的世界究竟是什么样的，他更不知道要以什么样的姿态面对外面的一切。稳定的生活结构被打破，不安定的生活让他没有一丁点的安全感。所以，他甚至愿意重返监狱，而不是面对这不安定的、没有安全感的"外面世界"。

你是否也像囚犯一般，习惯了一日三餐平淡生活，任何未知都会被你拒之门外，你害怕它们，更害怕内心深处渴望走向未知的那个自己！于是，你把那个真实的自己锁了起来。于是，你感觉到冷，觉得这世界没有爱。可这世间因果相连，没有爱，只是因为你把真实的自己关起来，忘记了爱自己，也就感觉不到爱。

也许你会说自己在未知之域走了很久，却依旧没到达彼岸。

西方有一句谚语："当学生完全准备好，老师自然会出现。"道理很简单,我们的经历是需要持续的、前进的,如果停下来等待圆满出现,这是不可能的,因为真正的心灵归宿在路上,只要我们不放弃地前行,就会在路上与爱、与归宿、与世界,相见。

人的心就像水一般,我们要顺着它慢慢走,因为我们的心是流淌的,它有自己的追求,有自己的目的地,我们只需要跟随着它就足够了。

米兰·昆德拉说:"生活在别处。"

生活不在这里,它在另一个地方安静等着你,等着你迈出步伐。离开已知的世界,走入未知,你会发现也许一路上风吹日晒,困难重重,但只要我们风雨无阻,最终一定会登上那个光彩夺目的舞台。

我时常说这样一句话:"**任何一个万众瞩目的焦点,她的身后一定有着一个咬紧牙关坚定的自己。**"因为你和我都知道,只有跨过了那些苦难,才能够经历蜕变,才能够在转身时看到别处的别样人生。

让我们顺水而行吧,随心出发,慢慢前行,做一个幸福的人儿,这样就足够了。

全世界都是我给你的爱 ♪

第二章

我的世界
有你的一席之地

忧伤
的
土豆 /

朋友送了我一束我喜欢的百合花，回家后，我将它放在房间里，不多时，房间里便弥漫着一阵阵优雅的清香。嗅着这来自大自然的芬芳，仿佛自己已经浅眠在花深处了。

可是因为前一天回家太晚，忘记把这束百合花插在花瓶里，更忘记了浇水，于是早晨起来这束百合花有些凋谢了，蔫蔫的，没精打采。我看着心里说不出的心疼，想着无论如何也得试着唤醒这花儿的美丽，便在出门前将它放入了花瓶，加满了水——就这样凋谢了，岂不是太可惜了吗？

晚上回到家里，一推门，便闻到淡淡的清香，我连忙看向那束本应该已经有些凋谢打蔫的百合花，却发现它居然活了过来！那样纯白的花瓣，淡黄色的蕊，嫩绿色的茎，看起来无比精神。

这花儿活过来了，又焕发出生机了！还有什么比这更让人高兴呢？！看着这芬芳的百合花，我在惊喜之余，也有了反思：

"一朵花只是需要一点水的浇灌就能吐出芬芳，那么人呢？一个人或许只是需要一点点赞美就能获得能量啊。"

可遗憾的是，这是一个"赞美很奢侈"的时代，我们不愿真心赞美别人，我们不愿看到别人身上的好，我们不喜欢的人似乎比我们喜欢的人更让我们记忆深刻。

"我不喜欢我的上司，因为他总是给我布置一大堆看起来不可能完成的工作；

"我不喜欢我的同事，因为她们总是在那些角落里叽叽喳喳说一些八卦；

"我不喜欢我的父母，因为他们一点儿都不懂我的心情也不懂接受新的事物；

"我不喜欢我的伙伴，因为他弄坏了妈妈给我买的那个我最喜欢的汽车模型；

"我不喜欢我的长辈，因为他们总是在唠叨追问我什么时候结婚然后生孩子……"

——我们总是会这样想，脑海里是一遍又一遍的"我不喜欢"。

是啊，我们不喜欢的人和事实在是太多了，哪有什么机会来赞美呢？怎么可能去赞美那些我们不喜欢的事物呢？

我们的身上都背着满满一筐"忧伤的土豆",哪还有空隙放下一点点爱与赞美呢?

忧伤的土豆,这是我给人们所背负的那些对他人的不满情绪起的绰号,这个名字也是来自于一个真实发生过的小故事。

在一所小学的某一个班级里,有一天老师忽然发现最近班里的气氛不太对,大家的情绪似乎都有些低落,往日的欢声笑语少了许多。老师有些疑惑,便找相关的人了解原因,他这才知道,原来上一次学校竞赛中这个班得了最后一名,班里的小同学们就开始相互抱怨,大家都觉得输掉比赛是因为他人的缘故。这位老师有些着急,但是很快,他想出了一个好主意。

第二天,老师来到班里,跟学生们说:"我们来一起做一个实验吧。"

一听说要做实验,学生们都兴奋了,都表示很愿意参与。

于是老师说道:"我想问问大家,你们都讨厌什么样的人啊?"

孩子们听后,七嘴八舌地说起了自己讨厌谁,不喜欢谁。

老师听了,又问:"那算一算你们有几个讨厌的人吧。"

孩子们都扳起手指头数了起来,有的说四个,有的说六个,

　　一朵花只是需要一点水的浇灌就能吐出芬芳，那么人呢？一个人或许只是需要一点点赞美就能获得能量啊。

有的说八个，有的说十几个。

　　这时候，老师拿出了一大筐小土豆，对大家说："好的，我明白了，那现在大家排好队来我这里领土豆，你不喜欢几个人，你就能领到几个小土豆。"

　　孩子们一听，又新奇又好玩，他们连忙排好队在老师这儿领取土豆。

　　等孩子们全部领完土豆，老师又说："现在你们可以在土豆上写出讨厌的那个人的名字，那个土豆就是那个讨厌鬼。"

　　孩子们听了更兴奋了，连忙拿出水笔在土豆上写起了人名——这都是他们一直不喜欢的家伙呀。

　　看到大家写完名字，老师神秘地对大家说："这些土豆可是有魔力的哦，神仙住在里面呢，神仙说从今天开始你们不可以把这些土豆丢掉，接下来的十天，你们要随身背着这些小土豆，不管吃饭、上洗手间、睡觉、上课、出去玩儿都要带着这些土豆，不能把它们放下，十天后会有神秘的礼物等着大家。"

　　孩子们一听兴奋坏了，还有礼物可以拿，这可是天大的好事儿啊！他们都觉得这太棒了，一个个都向老师保证绝不会把土豆拿下来。

　　第一天孩子们都兴高采烈地拿着土豆，但是第二天他们就觉得有些无聊了——毕竟干什么都要带着土豆真的很麻烦啊。第三天大家都有些不耐烦了，但是想到神秘的礼物又坚持了下来。可是第四天起，那些土豆已经开始有些发霉了，第五天土豆上写着名字的地方已经开始烂了，第六天土豆不仅烂糟糟的还有些发臭，第七天这些土豆已经是臭气熏天，这个班级弥漫着一股臭味，没有人愿意靠近。

孩子们有些忍受不住了，央求老师："老师，这太臭了，我们不要带着它们了。"老师摇摇头，认真地说："不行，必须要到第十天才能把这些土豆卸下来。"

在恶臭中，孩子们终于盼来了第十天。第十天一上课，老师就说："我的孩子们，恭喜你们完成了这个任务，现在你们可以把这些土豆拿下来，扔到垃圾堆。"

孩子们把土豆扔掉后，觉得一阵轻松，这世界忽然变得如此美妙，空气是那么清新，而从前不喜欢的小伙伴看起来居然是那么可爱。

原来，这就是那份神秘的礼物啊。孩子们终于明白了，**愤怒也好，讨厌也好，最终伤害的是谁呢？其实是自己啊。**

很多时候我们常常怨恨别人，总觉得伤害都是别人带来的，觉得讨厌这个人不喜欢那个人，这些情绪不能被自己释放掉，于是住在了心里。不管走到哪儿，这些伤痛与情绪就会被带到哪儿，我们就产生了倾诉的渴望，见到谁都想要抱怨，于是朋友和亲人似乎离我们越来越远了。我们不知道为什么朋友与亲人要逃避我们，其实很简单，谁都不愿意一直做你的垃圾桶，承担你的伤痛，这些负面情绪让你看起来就像一个忧伤发臭的土豆，谁会愿意靠近你呢？

仔细想想，原谅别人的过错，发现别人的美好，赞美别人的优点——如果我们真的能够做到这些，我们能够学会发自内心地爱他人，就会发现外面的世界是如此美好，那些我们爱的人，也在用爱包围着我们，而我们内心的那一个个土豆，就再也没有了忧伤，只剩下新生与泥土的芳香啊。

自 己
是一面最好
的镜子

我的世界有你的一席之地

我一直非常相信这样一句话："**一个女人能够影响三代人**。"更精准地说,应该是"一个好女人一定会影响三代人"。

我是一个女人,同时我是一个女儿,也是一个妻子,更是一个母亲。这三代中的角色不仅让我知道应该怎样更好地做自己,还能够改变他人的态度与观念。

你相信吗,我们自己,其实就是一面最好的镜子。

曾经有一位母亲和我聊天时问我:"香香老师,为什么我家的孩子不爱学习呢?每天就知道上网打游戏。我把他的电脑收起来了,他又拿着手机躺在床上玩儿,就是不愿意写作业看书。"

我能够理解这位母亲的恨铁不成钢,这个孩子明显有些抗拒学习。但我从不认为孩子的抗拒是空穴来风、没有理由的,而这真正的理由,或许就是来自于家里的其他成员。

于是我问这位母亲:"平时你和你先生下班回家后都做些什么呢?"

她想了想说:"我一般回家比较早,到家后就做饭,做好饭孩子和先生差不多就回来了,一家人吃晚饭。吃完晚饭,先生一般会去书房看球赛,我会在客厅看电视,孩子就回自己的房间了,但是他回房间后不写作业,懒懒散散的,就知道玩儿!"

我点点头,又问她:"那你能跟我说说你先生是怎样看球赛的吗?然后你是以什么样的状态看电视的?是坐在沙发上看还是躺着看?是看新闻还是看肥皂剧?"

这位母亲有些不好意思了,低声说:"我先生在足球方面很像小孩子,看球赛还得穿上球衣拿着那种小喇叭,到了激动处手舞足蹈的。我嘛,一般是躺在沙发上看电视剧,毕竟忙了一天我也需要放松嘛。"

我了然,便对她说:"你说你忙了一天需要放松放松,但你有没有想过你的孩子在学校上了一天课同样也很疲惫呢?你有没有想过他也需要放松呢?"

她似乎有些愣住了,张了张口,不知如何解释。

于是我继续说道:"你先生在书房里像孩子一样看球赛,而你躺在沙发上懒懒散散地看着肥皂剧,这种松懈懒散的家庭氛围是非常容易影响孩子的,或许孩子想学习,想写作业,但是看到妈妈和爸爸都这么悠闲,于是不由自主也想悠闲一些,当然就不想做作业看书了。"

这位母亲听了,半晌没说话,过了好一会儿,才问:"那您说我该怎么办呢?我以前没想过这些问题,现在一听您这么说,才觉得可能是这个缘故。"

我想了想,对她说:"其实很简单,只要让孩子感受到自己在努力学习的时候,父母也正在努力学习补充能量,这样营造出来的家庭氛围是非常好的。"

一个月后,这位母亲打电话给我,她非常激动地说:"香香老师,您真的太厉害了,自从听了您的建议,我和先生每天晚上吃了饭,和孩子一起看半个小时的电视或者球赛,然后一家人一起学习,我会选择看一些书,先生会翻看报纸了解资讯,自然而然的,我们家孩子愿意看书学习了,而且他能很独立自主地完成自己的作业,昨天开家长会,老师还专门表扬了他呢。"

这种事情在家庭教育中其实非常常见,父母对孩子的影响是毋庸置疑的。中国有句老话说:"龙生龙,凤生凤,老鼠的孩子会打洞。"这话现在说起来有些不好的意味,但其实在某些地方是有它的道理的。

除了自律性非常高和异常渴望改变现状的少部分孩子，一般大多数孩子都会复制父母的优点与缺点。"父母是孩子的第一位老师"，这话一点也不假，因为言传身教远远胜于课堂授业。

父母是什么样，孩子就会是什么样。
如果父母吝啬，孩子也会越来越小气；
如果父母宽容，孩子也会越来越大度；
如果父母易怒，孩子也会越来越暴躁；
如果父母亲切，孩子也会越来越温和；
如果父母真诚，孩子也会越来越守信；
如果父母撒谎，孩子也会越来越欺瞒；
如果父母阳光，孩子也会越来越快乐；
如果父母畏缩，孩子也会越来越自卑；
如果父母正义，孩子也会越来越磊落……

这些都是毋庸置疑的，而且就像我在前面所说的，这种影响是可以波及三代人的。很多时候我们指责他人不够好，而追根究底，很多问题也许只是存在于我们自己身上。

"一个女人能够影响三代人。"或许更精准地说,应该是"一个好女人一定会影响三代人"。

在印度流传着一个非常有名的故事。

有一个国王,他的国家非常繁荣,这要归根于他治理国家井井有条。可是有一天,这个国家来了一个恶魔,这个恶魔在这个国家到处捣乱,到处做坏事。国王急坏了,他想了无数的办法杀死恶魔,可是恶魔似乎有着无穷无尽的寿命,怎么样都杀不死。

这时候他听说有一位智者或许能为他指点迷津,于是他连忙找到智者,寻求解决的办法。

智者听完了事情的原委,就和国王说:"如果你要想真正杀死这个恶魔,你就要翻过七座高山,越过七条大河,然后在那个很小很小的山村里,有一棵大树,树上有个鸟巢,里面住着一只小鸟,那只小鸟就是恶魔的心,只要把那只小鸟杀了,恶魔也就死了。"

国王听了,连忙按照智者说的去做,果然,恶魔被杀死了,这个国家又恢复了一片祥和。

这个故事遗留的问题是:谁是那个国王?谁是那个恶魔?谁是那只小鸟?

其实国王就是我们自己,恶魔就是我们的情绪,小鸟就是问题的根源。所以有时候当恶魔出现时我们一点办法都没有,我们自己内心的小王国被那些糟糕的情绪搅得乱七八糟，所以我们要找到那个根源——也就是那个小鸟。归根结底，恶魔并不是来自于外界，它源自我们心里的那个小鸟，我们被烦恼、仇恨、负面的小鸟掌控，变得张牙舞爪，肆意非为，外界的一切似乎在我们看来都糟糕透了。可是当我们消灭了那个深藏在自己内心深处的小鸟，你会发现，一切问题都解决了，所有事情都恢复了原样。

——问题不在外部，在我们自己这里。

不要去埋怨他人了，不要再从外界寻找借口了，问题的症结就在我们自己身上，解决了它，一切都会变得好起来。

自己其实是一面最好的镜子，因为它不单单能影响他人，更能折射出自己内在的问题与困惑，用这面镜子改变自己，也用它帮助别人。

这是我们真正能给他人的爱啊。

先为人,
再为男人
／女人

有朋友对我说:"你这一生啊,作为女人来说,已经是非常成功了。"

我其实并不是很认同,我觉得,做人,远比做女人重要;而做人成功,远比做女人成功重要。

我时常对我的孩子说:"人这一生非常短暂,任何错失都会给我们留下遗憾,但是只有一点,只要你们能做到孝顺、诚信、善良,做一个真正的'人',那么你会发现生命中的那些遗憾会大大地缩减。"

没错,比起做一个顶天立地的男人或者做一个成功的女人,我们首先要做一个人。

对人而言,孝顺、诚信、善良,则是重要的评判标准——对亲人孝顺,对爱人朋友诚信,对陌生人善良。

孝顺是衡量人性的最重要的准则。

孝道是影响中国几千年的文化思想。古有"二十四孝"感天动地，孝顺父母、孝顺长辈也就成了中华民族最优良的传统美德。有孝就有爱，有爱就有一切。

孝是连接在血脉中的力量。我和妹妹都非常孝顺爸爸妈妈。他们的生日，我们必定要为他们祈福、奉茶，感恩他们的养育之恩。过好自己的生活，不让父母为我们操心，或许就是最大的孝行啊。

不仅孝敬自己的父母，也要孝敬他人。很多人都知道我跟我婆婆的关系非常好，我们之间的感情甚至好到她把她的初恋情人、恋爱史都告诉我了。有时候去探望她，我们会睡在一张床上，她会跟我讲很多她自己的故事，她把我当女儿看待，我也将她视为母亲。

我们很多人对陌生人的第一评判标准其实往往是看这个人是否孝顺，因为我们太清楚，如果这个人连生自己养自己的父母都不爱、都冷落，那么如何指望这个人有多么优秀呢？就算父母有过错，那又如何呢？这世上无完人，谁都会犯错，圣人也会犯错，何况是父母呢？有人不是说过吗，"父母可以不慈，我不可以不孝"。

如果你善良,那这个世界就不会太坏。

所以，无论到何时，勿忘父母恩，这是做人最关键的一课。

诚信是人与人相处最基本的原则。

当我们与他人没有血缘上的联系时，人与人之间的纽带其实就是信任。正因为我们信任对方，才会把自己托付给对方，才会愿意与他人保持着亲密的关系。我们愿意把自己最真实的想法告诉对方，也愿意敞开心接纳对方的想法与意见；我们愿意把自己最脆弱的一面展现给他人，也愿意接收对方的欢乐与泪水；我们愿意为对方奉献自己的力量，也愿意接受对方的帮助与指引……

这种天然的联系是世间最美好的联系，因为这样，原本陌生的人才会成为朋友，原本没有联结的人才会有了羁绊。

信任是爱人、朋友之间的唯一纽带，但我们经常会听到一些人说："我欺骗他是为了他好。"你要知道，无论出发点如何，欺骗的本质是不会变的，它代表的就是蒙蔽与背叛。或许欺骗能够让你躲过一时，但是你们之前的纯粹关系，已经荡然无存了。

因为当你失信于人，你和对方之间的那种天然的、来自心灵依靠的纽带就会断掉，你们之间也就有了猜忌、质疑、危机。而这时候，无论做多少努力，不论怎样修补，也不能抹平你们之间的裂痕，也就再也回不到最初的模样了。

善良是我们给这陌生世界的最好态度。

善良的依据是什么？是正能量、美好、自我的肯定与对他人的肯定。善良，是因为我们心存正能量，所以我们看到的都是美好，所以我们对这个世界有着无限的憧憬与期待。

我总是说这样一句话：**如果你善良，那这个世界就不会太坏**。或许很多时候我们会因为善良而受到伤害，甚至有人会利用我们的善良做出让我们痛苦的事情，但是更多时候，你会发现，善良为我们吸引来了同样善良的人。

对陌生人的一个微笑，也许就换来了另一个微笑；在他人危难时伸出援助之手，也许就换来了一段肝胆相照；关键时刻愿意舍弃小我，也许就换来了一个更高尚的自己……

这个世界上没有人不喜欢善良的人，人们总是不自觉地被那些良善者吸引，于是会不自觉地靠近他们。因为人们知道，这些善良的人，其实就像是一盏永不熄灭的灯，能够照亮他们茫然漆黑的人生道路。善良是能够传播的，善良也是可以相互感染的，一个善良的人，他就像一道清泉，冲刷着这世界每一个污秽角落。

没有比做一个善良的人，更幸福的事情了。

一个人，如果能够做到孝顺、诚信、善良，那么就算他贫穷到一无所有，就算他平凡到走在街上没人认得，他都是一个真正的人，是一个成功的人，因为他的灵魂在红尘中开出了最美的花，他的生命为这世界增加了更多的生机与希望。

当我们成为了一个"真正的人"，再去为自己争取附加价值吧。金钱、名誉、自由、奉献、灵动、追求、伴侣、骄傲、事业——这些都会接踵而至，只因为你是一个真正的人。

先为人，再为男人/女人，这才是正确的人生秩序。

因　为
爱你，我要
改变我自己

我有两个非常棒的儿子——大宝和小宝,他们是我这一生最宝贵的财富。很多人都因此表达过对我的羡慕,但是极少有人知道,曾经的我,或许算不上一个真正的好母亲。

说起男孩儿,很多人都觉得男孩儿没有女孩儿乖巧,而且男孩儿淘气,还有很鲜明的青春叛逆期……这些我都经历过。

因为常年工作繁忙,那时的我有些疏于照顾家庭,等我回过神来时,却发现我的孩子不知何时变得如此叛逆与消沉。

那时候的大宝沉迷于网络游戏,他不愿上课,逃学简直成了家常便饭。于是老师一次又一次打电话给我,要么告诉我大宝又做了什么错事,要么"邀请"我去学校"喝茶"。看着倔强叛逆的大宝,我恨铁不成钢,我不明白我在外面劳心劳力地工作只为给他更好的生活条件,他为什么不能懂我的苦心呢?!于是我会伸出手打他,有时边打边哭,我以为这会让他回心转意,可是什么效果也没有。他离我越来越远,他的眼神越来越冷漠,看着那样的孩子,我问自己:"你真的是一个好母亲吗?"

迫于无奈,我将大宝送入了"少年领袖训练营",我希望这几天的课程与体验能够让他有所收获——幸亏我这样做了,这是我为他、也是为我自己做出的最正确的决定。

课堂上有一个活动需要家长与孩子通力合作完成。当时课堂的主讲老师杨峥老师让我背起大宝,绕着偌大的会场走。一圈又一圈,杨峥老师却不喊停。那时的大宝已经是一个大男孩儿了,个头要高出我许多,而我瘦瘦小小的,背着他一圈一圈走下来似乎随时能够晕倒。

这时,杨峥老师对大宝说:"你已经不是一个小孩子了,你现在是一个顶天立地的男人!你难道还要自己的母亲为你操心、背负着你的一切吗?你母亲将你养育成人,她已经给了你她能给你最好的爱,而你还要做那个长不大的孩子吗?"

大宝听了,忽然跪了下来,他哇的放声大哭,然后对我说:"妈妈你知道吗,你一直忙于工作,很久都难得回一次家,在你心里,工作要比我重要得多,我觉得你不爱我呀!"

看着这样的大宝,我抱着他哭泣,我觉得我实在太糟糕了,我不是一个好母亲,我根本就不懂得怎样爱我的孩子啊!我总是认为错误在大宝,是他不够听话,不够让我满意,可是我从未审视过自己是否真的做得够好。我自以为我为他们做的就是他们需要的,可是我从未认真问一句:"孩子,你究竟要什么?"他要的其实是那么简单的东西,他要的只是重视,只是爱啊!

小孩子的天性其实就是大爱,可是,是谁造就了他们的错误?是谁让他们变得自私与叛逆?是谁让他们忘记了爱究竟是什么样子?**这一切的根源其实来自我们自己,我们忽视了孩子最根本的需求,我们不知道怎样教育孩子,我们不知道如何与孩子更好地相处。我们不愿意弯下腰倾听我们孩子的心声,所以我们与孩子之间才会有争执,才会有怨怼。**

那几天的课程真正改变的是我自己,我爱我的孩子,一个母亲对孩子的爱毋庸置疑,因为爱他,所以我要改变我自己,我是所有问题的根源。

我开始慢慢交出繁忙的工作,我抽出很多时间来陪他们,抽出很多时间来学习。我和两个孩子的相处开始变得无比顺畅,我们放下了"母亲"与"孩子"的身份,我们变成了有着血缘关系的挚友,我们开始向对方学习,发现对方的优点,我们愿意对对

爱孩子，我们就要改变自己，要把家庭打造成一个爱的乐园，让孩子愿意回来，愿意徜徉在这幸福的港湾里。

方说出自己的秘密，也愿意倾听对方的苦恼。他们再也没有让我操过心，我也没有再收到老师的"投诉"。

有一件事让我记忆深刻。那次我生病了，两个孩子不由分说带着我去了医院。在医院里，他们一个跑前跑后帮我挂号、排队取药，一个忙里忙外生怕我饿着帮我买饭。当我看着两个孩子的背影，我忽然觉得他们真的成长为了真正的男人，而我，更像是一个享受他们照顾的孩子。

还有一次，那天晚上我要坐飞机去厦门开会，离开家前，大宝有些忧愁地抱着我，然后说："妈妈，我回家了三天，才总共见到了你两面。"我当时听了心里特别不是滋味。驱车前往机场的路上，我的脑海里一直闪现着大宝的脸，还有他说的那句话。车打了一个转儿，我忽然决定不去厦门了，我要回家，我要陪在我的孩子身边，他们此刻需要我，我怎么能安心为了工作去另一个城市呢？回家，不仅给他们了一个大大的惊喜，还带回了他们脸上幸福的笑容。

对孩子来说最好的爱是什么？不是用之不竭的金钱，不是一帆风顺安排好的未来，而是简简单单的陪伴。"忙"不是忽视孩子的借口！**孩子都是脆弱的，他们需要父母的支持与力量，他们需要知道——"我的爸爸妈妈是真的爱我的"。**

当我发自内心愿意站在孩子的角度为他们着想时，我发现他们也不再抗拒我的工作，他们变得能够理解我，也愿意支持我。

这几年来我热心于公益事业，虽然依旧会满世界飞来飞去，但是这种忙碌不再是一种焦急，而是一种发自内心的快乐。我觉得自己无比幸福，因为我是无牵无挂地上路的，他们都很理解我。现在的他们特别阳光，跟谁都能打成一片。看着这样美好的他们，我相信他们无论走到哪儿都能活下去，而且会活得非常好。

我曾经问他们："你们觉得妈妈现在是在家陪着你们好还是做其他事情好呢？"还是孩子的他们却拍拍胸脯告诉我："妈妈，我们有照顾自己的能力，我们会自己做饭，会自己收拾家里。只要你开心就好，你不用在意赚多少钱，以后我们会送给你几把钥匙：保险箱的钥匙，车的钥匙，别墅的钥匙，不管什么我们都会送给你。现在我们可能还不成熟，所以你一直辛苦培养我们，但是以后，我们就会回报你。"那时我真的非常感动，对他们说："其实我没想过让你们回报我，从没想过，对我来说你们只要过好自己的生活就行了，把自己的生活过的轻松、快乐、满足就够了。"

你看，这样的场景是曾经的我想都不敢想的，而现在这些都已经成为了现实。爱孩子，我们就要改变自己，要把家庭打造成

全世界都是我给你的**爱**

一个爱的乐园,让孩子愿意回来,愿意徜徉在这幸福的港湾里。

我常说:老天为我关了一扇门,又开了两扇窗。我的两个孩子就是我的两扇光明的窗,他们带给我的那种幸福是无法用言语来形容的。仅仅只是看到他们,我就会觉得非常幸福。

我的小宝在英国留学,像很多父母一样,我也会觉得离得太远有些舍不得,可是我愿意放飞他,我愿意看到他像雄鹰一样飞翔,我愿意看到他放飞梦想,我愿意看到他努力追寻未来的模样。

我也会担心,但是我会把我的担心化为祝福。我非常清楚地知道我的孩子不能永远在小河中游玩,或者停靠在安全的港湾,他一定要去大海中冲浪,这样他才知道,原来大海中狂风暴雨不知道何时就会来临,唯有驾驭水手的本领,才能掌握大海,而不是被大海淹没。我希望我的孩子们能在大海中远航。

小宝出国前两天,我们两人在静心阁坐了一下午,聊天,谈心。或许作为母亲,我的担忧终究是让他感觉到了,他对我说:"妈妈,这是我的未来方向,是我的目标。你的放手,是我独自在英国成长的十年,十年后,我回来,一定会做有用的人,一定有一个更美好的未来。但是妈妈,我能看到十年后自己的模样,却看不到你的,因为我知道你会变得更好——这种'好'不是建立在外在形态上的,而是灵魂上的,那是我看不到的层次与内在世界。"

我没想到小宝会说出这样的话,那一刻在我眼中他不是那个十几岁的孩子,而是一个真正的智者,他看得清什么在变化,也感受得到那些肉眼看不到的变化。这样充满灵性的孩子,我相信他不论在哪里都能很好地生活。

有人曾问我:"香香老师,你希望他们的一生是一帆风顺,还是希望他们能够经历各种各样的磨难然后越挫越勇呢?"

其实说心里话,作为一个母亲,我希望他们是一帆风顺的,我甘愿我身上所受无穷无尽的苦,来换取我的孩子们一帆风顺的一生,这是一个母亲发自内心地想法。

可是如果将他们看成是男人,我真的希望,作为男人的他们一定要经历各种磨难,绝对不能让他们一帆风顺。我当然想看到孩子们一帆风顺,家庭幸福,一生平平安安,但是我太清楚如果不曾遭受苦难,他们也就不会真正强大起来,他们必须摔倒,然后爬起来,成长为一个顶天立地的男人,他们需要接受苦难的洗礼,才会知道珍惜的可贵,才会知道如何做一个真正坚强的人。

这就是我,作为一个母亲,能给他们最好的爱了。

写给你们
的
1000多封信

我的世界有你的一席之地 ♪

差不多三年前，我开始坚持每天用手机给我的两个孩子写信，因为我经常出差，所以很难每日陪伴在他们身边，但是我想让他们知道我无论在哪里都是牵挂他们的，我想要通过这种方式把自己每天的感受与他们分享。这一写就再没有断过，到现在为止我已经坚持了1000多天，也已经为他们写了1000多封信。

最初的时候我会写一些看到的小故事，后来慢慢加入自己的思考，最后变成完全用自己的情感表达。孩子们的态度从最初的"懒得翻看"变成了后来每一封信都会仔细地看，然后和我一起分享他们的经历。我们能够体会到对方的感受，也能理解对方的情绪与思想，这对于我们来说是非常难能可贵的。

这1000多天里，只有一天没有写信，那天是因为非常晚了我还在飞往印度的飞机上。于是后来我对他们检讨道："以后如果哪一天妈妈没有给你们写信，你们就跟妈妈说，妈妈就会惩罚自己给你们补偿。"他们两个特别开心，纷纷表示愿意监督我。从那以后，我再没有忘记给他们每天写信，一直坚持到今天。就算我在国外，或者在印度的学校，很多天我们无法见面，我都会每天写信给他们，告诉他们我今天上了什么课，我做了什么事，甚至在菩提树下我有什么感悟，我都会告诉他们。

这是我们之间最美好的一种联结。

一位出版人听说了这件事，非常敬佩地对我说："香香老师，我觉得你这1000多天、1000多封信就能出一本最好的亲子家教书，要知道，这世上有几个母亲能做到如此坚持啊！"

我笑了笑，我给我的孩子们写信的目的其实很简单，就是无论在何时何地，都能让他们感受到我的牵挂与爱，我想让他们知道：无论妈妈有多么忙，妈妈都会记得对你们的承诺。

其实我有一个小小的愿望，那就是当我的两个孩子结婚的那天，我会把这些年来每天写给他们的信印成一本厚厚的书，然后交到他们的妻子——那个将要陪伴他们走完一生的女人手中，我想告诉她，她的丈夫是怎样长大的、她的丈夫是什么样的人，想要告诉她把一生托付给这个男人是最正确的选择。

这或许就是一个母亲的期望吧。

在这里，我也愿意和大家分享几封我写给孩子们的信。

第726封信

我的孩子，今天老妈参加深圳第二届公益慈善项目交流展示会，虽然这么多年我一直在慈善这条路上行走，但今天是第一次来到慈善展会现场，并且看到全国上千家企业都在做着慈善，这让我身在其中，无比骄傲与感动。

台湾慈济人说，感恩、尊重、爱是他们的愿景。

我们联盟人说，用心感知世界、用爱温暖世界、用行动影响世界，是我们的愿景！

在五楼的慈善项目交流展示会主题演讲现场，我们迎来了残疾慈善家侯兵、零点研究咨询集团袁岳、"免费午餐"发起人邓飞等一些在慈善事业中一直前行的人们。

他们确实很优秀，在台上的分享也是非常励志与激动人心，他们说："有人总是说等我有钱了我再去做慈善，等我有时间了我再去做慈善。可是慈善并不是用钱就能完成的，必须用心去做。只要我们用心了，哪怕只是简单的一个微笑，都足以让别人感受到温暖与幸福！爱才是慈善的真正主题啊！"

第988封信

我已经20天没有来静心阁了。今天再来到这里，看到这里一草一木的灵动与散发能量的磁场，这一切的感受都让我心中充满了感恩。

感恩老天，感恩父母，感恩团队，感恩家人的支持，感恩生命中遇到珍贵的你，感恩一切存在！

这个月我会开启一堂灵性之旅的课程。我知道，这七年来的持续学习只是为了帮助到更多的人，我相信这堂课对学员们一定会有帮助。

有人说："帮助一个人，背后会有250个人跟着收益。"我也非常明白那个道理：一个好女人会影响三代人。

来到阿玛巴关面前，双膝跪下，泪流满面。我原可以过着更轻松更自由更自在的生活，但我心甘情愿选择行走在传播爱的这条道路上。

昨晚凌晨十二点，我驾车行驶在高速公路上，对坐在副驾驶的小宝说："我无数次深夜一个人走过这条路，路上很少有人陪在我身边。"本来有些困、开始打瞌睡的小宝立刻打起精神对我说："老妈，今晚我陪你，我不睡。"

现在，我安静地坐在这里，看着墙上一张张照片，感受着这里点点滴滴的创意——这些都是来自于小姨的用心，我真的很感激这么多年她在我身后给予我的支持，并且默默无闻地付出。

今天是大宝驾照的考试日，看着大宝对一件事坚持到底的用心与努力，我无比相信大宝会顺利通过这次考试，或许当你驾驭跑车狂野地奔驰在蓝天白云下时，你一定会为自己之前的所有努力而感到骄傲。

让我们为了更好的明天一起加油吧。记住我常说的那句话：坚强不是没有眼泪，而是含着眼泪向前奔跑。

第1000封信

三年前第一次决定开始给你们发短信写信时，我就给自己定下了长远目标——因为我常年不在家，能够和你们见上一面、说上几句话有时甚至变得是那么奢侈那么难，那时的我就决定通过短信写信的方式表达我对你们的思念，想通过这样的沟通让你们知道妈妈每天在想些什么，在做些什么，在哪一个城市，当下是怎样的心情。

时间不知不觉一点点过去了，蓦然回首，忽然发现日子已经

过去了这么久。到今天为止已经整整1000天了！这1000天里我看到了你们的成长，更感受到了你们的爱。

偶尔情绪低落时，你们会回复："老妈加油！我们和你在一起。"所以不管身在哪里，老妈始终感觉很幸福，因为老妈知道身后有你们的支持！你们的成长、感恩，让老妈不管在哪个城市都很放心，并且对你们的未来充满了信心！

今天妈妈在山西，吃饭时一桌人站起来感谢我们爱心联盟，因为爱心联盟让他们的命运发生改变。这么多年，我在传播爱的道路上一直坚持着，因为我知道：做任何一件事情，坚持是非常非常重要的！这不仅能够改变自己，更能影响他人。

第1031封信

今天看到这番话很有感触："当好父母，最基本的是要给孩子两样东西：根和翅膀。"

虽然有国家和文化的差异，但如果说父母应该给孩子最基本的两样东西是根和翅膀，我相信全世界大多数的父母也会认同的。但，根和翅膀究竟是什么呢？

根，其实就是给孩子安全感。可是在很多的父母的眼中，"安全感"就是富足的物质生活，是个有权有势可以拼的爹，是个要什么给什么可以炫耀的妈……

翅膀,是给孩子最大的自由和机会。而对很多父母来说,"翅膀"变成了送孩子参加最贵的学习班,进国际名校……

在我看来,真正扎实、能为成长提供养分的根,是无条件的接纳和爱,用心守护孩子当下的快乐和幸福,帮孩子建立安全感和良好的自我认知,让孩子真正体会到发自肺腑的快乐。这些会形成一条与未来相通的精神通道,让孩子在上学后乃至成年后,即使身处低谷,被爱滋养过的心灵,依然有一种坚韧的力量;即使挫折不断,幼时摄入人性深处的光辉,依然还有力量去改变现实实现自我。

对于孩子来说,翱翔天际最需要的就是那双翅膀,作为家长,我们应该尊重孩子的天赋秉性,唤醒孩子内在的自觉,给孩子选择的自由和独立思考的空间,让孩子能够做到照顾自己、照顾他人,让孩子有机会成为他所能做到的最好的自己。

老妈给予了你们根与翅膀,所以现在的你们内心强大,能够天地翱翔。老妈更希望你们以后如果有了自己的孩子,也能做到这些——给他根和翅膀。

关于
幸　福
的回答

好不容易回了一趟老家。那是座依偎在海边的城市。

一下午都坐在海边，感受海浪的磅礴，感受海鸟的嘶鸣。我从小在海边长大，对大海有着天然的依恋，每次回来，仿佛都能听到大海的呼唤，她像久违的朋友，轻轻告诉我又一次离开家多么久了。

赤脚走在海边，海浪轻轻拍打着双脚，温柔又平和。聆听着海浪的声音，听着海浪轻声诉说着大海的故事。我爱大海的磅礴，更爱她的勇敢与浪漫。

从海边回到家，近90岁的爷爷奶奶拉着我的手和我聊天，老两口一直说一直说，甚至抢着说起来，像个孩子一样，我静静地聆听，忽然觉得幸福是如此的简单，爱是如此的简单。

我很幸福，我的生活我的家庭我的事业都让我感觉到深深的幸福，这样的幸福让我快乐、满足、并且感恩。

很多人都觉得自己不幸福，其实幸福与否的决定权在我们自己，而那么多人却不知道。

我们总是以为幸福是从别人那里得到的，所以我们总是试图改变别人，或是从别人那里索取幸福，我们期望那个给自己幸福的人是一个最完美最好的人，我们容不得他们的缺点，容不得半点儿脱离自己掌控的幸福要素。

幸福被我们贴上了有形的标签：我要买房子，我要找个好伴侣，我要生一个乖孩子……这个问题真的值得我们仔细思考一番：如此孜孜不倦追求的"幸福"，是我们真正想要的，还是普遍大众所追求的？

当有形的东西被人们贴上了一个共同的标签——"幸福"，大家就会觉得：那是我的！那是我要的！可是我们仅仅看到了"幸福"这层包装纸，只看到了这脆弱的外表，忘记了幸福的概念究竟是谁种下的，更忘记了，谁敢说没有这些有形的追求，这一生就没有资格幸福了？

对物质的追求是社会发展的必然阶段，但我相信，这一定不是幸福的最终目的。真正的幸福，一定是要回归到内心世界，寻求内在的自然与满足,发现人性之美,感受世界之美,传播大爱之美。

这才是幸福的根本啊。

幸福,是怀着感恩的心对这红尘纷纷,因为只有感恩的光才能照亮追求幸福的路。所以诗人汪国真这样写道:

让我怎样感谢你,
当我走向你的时候,
我原想收获一缕春风,
你却给了我整个春天。

让我怎样感谢你,
当我走向你的时候,
我原想捧起一簇浪花,
你却给了我整个海洋。

让我怎样感谢你,
当我走向你的时候,
我原想撷取一枚红叶,

人只有知足,才能触摸到幸福的模样。有句谚语说得好:"满足的人最幸福。"

将自己从欲望的桎梏中解脱出来，才能感受真正的幸福。

你却给了我整个枫林。

让我怎样感谢你,
当我走向你的时候,
我原想亲吻一朵雪花,
你却给了我银色的世界。

感恩,让我们看到这世间更多的美好,然后收获更多的幸福。

幸福,是了解人性的爱。你要懂得如何接纳自己、爱自己,你才能够做到爱他人,只有让心灵得到最基础的满足,才能感受到幸福的滋味儿。

然而"满足"说起来容易,又有几人能做到呢?不幸福、不快乐的根源,很多时候都是因为不满足——贪婪啊。

有一个非常吝啬的人,他穷困潦倒,家里连一张床都没有,只有一张长凳。他觉得自己一无所有,很悲哀,于是他用心祈祷:"如果我发财了,我一定不会再那么吝啬了。"

神仙听到了他的话,看他可怜,便托梦给他,送给他一个装钱的口袋。神仙对他说:"这个袋子里有一个金元宝,你把它拿出来后，里面又会有一个金元宝，一直循环。但是当你想花钱的时候，你必须把这个钱袋扔掉才能花钱。"

这个人一听，激动地醒了过来，果然看到自己的床头摆着一个口袋，他一摸，里面真有一个金元宝！于是他不断地往外拿金元宝，整整一个晚上没合眼，地上到处都是金元宝，多得就算他这辈子什么也不做，也足够他花的了。

可是当这个人下决心把这个口袋扔掉时，他又觉得万分舍不得，他问自己："人这一辈子有几次这样的机会啊！"于是他又开始不吃不喝地往外拿金元宝。当屋子里堆满了金元宝，这个人依旧不满足："我不能扔了这个口袋，钱还在源源不断地出现，等再多一点的时候我再把它扔掉吧！"

就这样，这个人不吃不喝拿着钱，最后，他虚弱到一点儿力气都没有了，他仍旧不愿意把这个口袋扔掉。终于，他死在了那个口袋旁边，而一屋子的金元宝也都消失不见了。

贪婪其实像海水，你喝得越多，你就会越渴。 你就会渴望更多，来满足自己的需求。你以为这就是幸福了，殊不知，这样只会离幸福越来越远。人只有知足，才能触摸到幸福的模样。有句谚语说得好："满足的人最幸福。"

将自己从欲望的桎梏中解脱出来，才能感受真正的幸福。

为什么古人比现代人更幸福？因为古人比现代人更容易满足。当我们面临的"拥有"与"选择"越来越多时，我们就会想方设法伸出手，想要抓住一切，可是因为什么都想得到，反而到最后变成竹篮打水一场空。这是现代人的悲哀，也是现代人要面临的最大挑战。

关于幸福的回答，我只想说，这一刻，我们还能安静地看书写文章，或者守在爱的人身边，不用面对战争与贫穷，就已经是最大的幸福了。

全世界都是我给你的爱 ♪
第二部分　爱的灵性

第三章
信仰让生命更加虔诚

花草
爱撒娇

你相信吗？花草像我们人一样，也有自己的情绪，她们会欢笑，会耍小性子，会撒娇，会表达她们的欢喜——反正我一直都很相信。

我在静心阁里养了很多绿植，因为静心阁的能量非常高，所以我似乎能感受到那些花草的生命。有一次我因为出差，差不多有二十多天没有去那里，当然也没有浇水了。等我再回到静心阁，我发现这里的植物依然茂盛，依然释放着非常清新的养分，那种感觉实在是棒极了。

因为许久没有浇水，所以我迫不及待地拿出花洒，装满水，挨个儿给她们浇水。浇水的时候，看着被水花滋养跃动的绿叶，我有一种感觉，那些花草似乎在向我撒娇，对我表达着许久未见的想念，并感谢我还记得她们，为她们浇水。这种感觉是非常非常真实的，不是那种自我催眠的场景，而是真真实实能感受到花草中那些小灵魂的跃动。我能感受到她们的快乐，甚至能感受到哪一枝花草正在向我示好。

这些爱撒娇的宝贝，让我察觉到感知生命就是一种真实的信仰，也就能迎来一个又一个奇迹。

其实这种感受并非空穴来风，佛家云："众生皆平等，万物皆有灵。"花草当然也有自己的魂灵啊。

能感知到万物的生命，而非以凌驾于万物的姿态享受这世间的种种，这是多么难得的事情啊。

我相信这样的感知，也相信对于万物热爱的信仰，更相信关于美、关于爱的奇迹。

信仰之美。这个词说起来可能有些空洞，但是如果我们能将其缩小，能够接受它的多面与全能，或许也就能感受到这种真正的、灵性的美了。

信仰之美并不拘泥于形式。 在日本的安土桃山时代。有一年春天，丰臣秀吉在茶室的地板上放了一个大而浅的盘子，并在里面盛满了水，又在地板上放了一枝红梅，然后他将千利休叫来，命令他："插花吧。"

这么浅的盘子如何能插花呢？周围的人都为千利休捏了一把汗。

只见千利休轻轻将梅枝拿起，毫不犹豫地将花瓣摘下，洒在盘中的水上，然后将光秃秃的梅枝横搭在盘子沿上。

盘子的水面上，漂浮着花瓣与花骨朵，还有尚未开放的花蕾，与一旁的梅枝交相辉映，这样子不仅十分美丽，而且别有一番韵味。

在千利休眼中，那梅枝并不是"死物"，就算离开树梢，它依旧有着自己的灵魂与美丽。而这美丽并不是只有一种形式，只要用心发现，就能感受到美的多种模样。

花，并不一定非要开在枝头才能展现出它的意义，就算是凋零成泥，它依旧会是最美的，最有灵性的。

这世间的一切都有着至美的灵性，所以每一段相遇，也就变得这么神秘与充满感激。

我们遇到了一棵古老的大树，我们听到风穿梭在树叶中的窸窣声，我们抚摸着大树干枯的树干，感受着这跨越千百年的生命能量，倾听着最深处脉搏的跃动。我们被这自然的灵魂所吸引，感受到了这生机的美好，于是感激宇宙让我们在路途上相遇。或

这世间的一切都有着至美的灵性，所以每一段相遇，也就变得这么神秘与充满感激。

许终究要分别,可是这饱含着爱的道别并不是道别,大树随风轻轻摇摆,像是在对你挥手,它仿佛在说:"走吧,要是哪天累了,可以回来看我。我一直在这里等你。"于是我们前行的脚步,变得越发坚毅起来了。

我们穿过艰难险阻攀登上了山巅,就像跨过黑暗,迎来了黎明一般。我们站在山顶,大声地呼唤:"你——好——吗——"大山似乎有了回应,于是远处传来了另一声问候:"你——好——吗——"我们听到了,笑了。对我们来说,这不是回声,而是来自群山的问候。这巍峨的高山啊,它知道我们跨越了多少苦难才来到这里,所以它亲切地问我们:"你好吗?"我们仰起头对远方回应道:"我——很——好——"山那头似乎听到了我们的回答,也笑着说:"我——很——好——"我很好,你也很好,我们都很好。那些艰难险阻不再是问题,迎接我们的,是群山的问候,是另一种赞美。于是我们有了勇气,愿意去攀登下一座高峰。

我们在某一个城市遇到了那个熟悉的陌生人,我们在街角凝视,然后道一声:"原来你也在这里。"我们在那路边的咖啡厅坐下,点一杯熟悉的咖啡,轻轻交谈着。在我们眼中,那个人早已不是当初的模样,虽然他的眉宇间还流露着年少的轻狂,但更多的是日渐显露的成熟。我们已然忘记了曾经有多么爱那个人,更忘记了后来又有多么恨,我们也因为与无数人和事物的相遇,终于变得坦然。我们终于回忆起曾经,那时我们与那个人是多么深爱,我们回忆起那爱的点点滴滴,他也把最好的时间给了我们,所以就算跨越漫长的时间,依旧能感受到那时心动。谢谢曾经与那个人相爱过,或许那人曾伤害过我们,可是也是他用伤痛让我们成长,那个人让我们学会爱,更让我们懂得宽容。于是我们感谢这场梦一般的相遇,然后在轻声道别后,走上各自新的旅程……

电影里说:"这世间所有的相遇,都是久别重逢。"是啊,我相信冥冥之中的安排,我相信所有的相遇都是必然,我相信万物生灵都有自己的语言与情绪,我相信只要我们愿意相信,就一定能听到更多灵性的声音。

你听,花草又在撒娇呢。

苦难是
上天化了妆
的　　祝福

我和朋友一起去看了一个画展，画展上有这样一幅画，画上是漆黑的夜空，乌云一层又一层，厚重得几乎让人喘不过气，在很遥远的地方有一盏灯，散发着微弱的光。我和朋友都被这幅画所呈现出来的那种压抑的氛围震慑到了，我们不约而同地看向那幅画下面的标注，上面是这幅画的名字——《苦难》。

　　朋友叹了口气，说："这画家可真厉害，把苦难的厚重用线条与颜色展现得淋漓尽致，看得我心里都觉得有些苦了。"

　　我看着她有些怅然的样子，笑了笑。

　　朋友见我笑了，连忙问："你笑什么？这么压抑的画你也能笑得出声？你看到什么才笑了呢？"

　　我看着她着急的样子更觉得可爱了，等笑够了，才慢慢说道："压抑吗？我倒不觉得，你没看到在遥远的地方有一盏灯吗？说明背对着苦难的，一定是一片光芒。我看到了苦难背后在开花啊。"

朋友愣住了，过了许久才发自内心地对我说："亲爱的，你能看到别人看不到的东西。"

"香香老师，我觉得日子太苦了，活着太难了。"这些年来，我经常会听到有人向我抱怨生活的苦难。

列夫·托尔斯泰在那本享誉世界的名著《安娜·卡列尼娜》中这么写道："幸福的家庭都是相似的，但不幸的家庭各不相同。"这句话是多么有智慧啊。

仔细看看我们的身边，似乎不幸的家庭的数量要远远超过幸福的家庭。一万个不幸的家庭就有一万个不幸的理由，或大或小，却都让人难以呼吸。

或者是家庭的缘故：夫妻不和经常争吵，家中有人生病，孩子学习成绩不好，另一半有了外遇，亲人猝然长逝……

或者是与朋友、他人的关系：被亲密的友人背叛，被商场上的对手抢走了饭碗，有人散播流言蜚语企图让自己身败名裂……

或者是天灾人祸带来的打击：刚刚取出了工资就被小偷光顾了，地震或洪水、甚至飞机失事带走了最亲的人……

更或者是其他因素：家里穷到连吃饭都是问题，住宿条件太恶劣，下雨屋子里都在滴水，孩子的学费简直是天文数字……

　　这些各种各样的苦难常常压得我们喘不过气来，仅仅只是面对这些问题，就让我们像是吃了黄连一般苦到了心里，有时对比这沉重，生命甚至会变得无足轻重起来。

　　可是对我来说，重要的不是苦难的模样，而是我们得穿过苦难看到苦难的背面有什么。所以有些人看到苦难就觉得苦不堪言难以跨越，而有的人就能察觉到苦难背后正在开花。

　　有一句话我非常喜欢，我想送给所有还沉浸在苦难中难以自拔的人：**苦难是上天化了妆的祝福**。是啊，苦难并不可怕，我们要看到苦难背后的另一个世界，要有被苦难打倒后能够再站起来的力量！唯有肯比别人忍受更多痛苦的人，才能欣赏到别人一生都无法欣赏到的风景！

　　我也曾经历过苦难，甚至超出常人无数倍，当我回过头再看看那些伤痛时，会发现苦难的背后有着光明与美好。

　　当我遭遇背叛，我亦能感受到谁还在我身边守护着我；

　　当我遭遇天灾人祸，我却能庆幸我的生命还完好无损地保留着；

重要的不是苦难的模样,而是我们得穿过苦难看到苦难的背面有什么。

当我被繁重的工作压得难以喘息,我却能享受这繁忙带来的喜悦成果……

相信我,上天永远不会让苦难跟随我们一辈子,他只是在用苦难来打磨我们的意志,让我们对生命有着更本质的追求。

记住,对于我们,上天永远不会选择抛弃。

我听过一个故事,有一个人做了一个梦,梦里他和上帝一起走在沙滩上,他脚踩着沙子,却忽然发现这地上闪现过自己这一生中的点点滴滴。

很快,这个人就发现,当他跨过所有的经历,沙滩上留下了两对长长走过的脚印,一对是他的,一对是上帝的。但是紧接着他发现,沙滩上有时会只出现一对脚印,而那对应着的时候往往是他生命最低落最痛苦的时刻。

这个人有些生气,他不明白为什么会这样,于是他质问上帝:"你曾答应过我,你说你会循声救苦,你会一直在我身边保护着我、为我遮风挡雨,但是为什么在我生命中最痛苦最悲伤的时刻,沙滩上只有一对脚印呢?为什么在我最需要安慰的时刻,你却离我而去呢?"

上帝笑了,他轻声说:"我的孩子,你要知道我永远不会弃你而去。在你最困难最痛苦的时候,你只看到了一对脚印,是因为那个时候,我正抱着你走过。"

当我们面对苦难,我们总会认为自己已经被生活、被世界抛弃了,但是上天对每个人都是公平的,他让我们接受苦难的洗礼,然后为我们点燃了走出苦难之境的灯,让我们看到苦难背后的光,让我们感受到脱离苦难时生命的崛起。

还有什么比这些更珍贵吗?

总有太多的人的生命过早地绽放,过早地开花,可是这些人通常也会早早凋谢,甚至来不及等到真正的春天。

而又有那么一些人,他们前半生经历了各种各样的悲惨遭遇,磨炼了最最强大的灵魂,才厚积薄发,为人生开出最耀眼、最绚烂的花,而且这花朵会越来越有生机,香气亦会越来越扑鼻,然后永不凋谢!

苦难是上天化了妆的祝福,经历苦难会让我们更加珍惜拥有的,让我们学会不气馁、勇往直前,让我们感受到,苦难背后正在绽放的生命之花!

当下
正　是
修行时

信仰让生命更加虔诚

这个故事我曾讲给很多人听,今天,我希望将它分享给你。

有一个修行者,他的悟性极高,道行很深。一次,他发现自己的衣服破了一个洞,刚好他路过一家裁缝店,裁缝店的老板看到了他,对他说:"这位路人,你的衣服破了,我不要钱送给你一件衣服吧。"修行者一听,忙说:"哦,不用了,非常感谢。我不需要新的衣服,只是希望你能帮我补一下我身上这件破了的衣服,我明天过来拿。"这个善良的老板立刻答应了。

第二天,当修行者再去那家裁缝店拿自己的衣服时,发现衣服补得非常好,完全看不出来补过的痕迹。修行者非常开心,他感受到了裁缝店老板的善良,想了想,便对他说:"我看你这么善良,要不然你就跟我走吧,我带你脱离人世的苦海。"裁缝店老板听了摇了摇头,说:"不行不行,我刚刚成了家,现在的我要照顾好我的妻子。"然后他想了想,又说道,"那请你七年后再来吧，七年后我再跟你走。"

　　修行者离开了，但是他信守诺言，七年后他又回来了，他见到善良的裁缝店老板，对他说："我按照约定回来了，现在你能跟我走了吧。"没想到裁缝店老板却说："哦，不行！我刚刚有了一个孩子，现在我的孩子需要我，所以我不能走。请七年以后你再来吧，那时候我的孩子也大一点了，我就能跟你走了。"

　　七年以后修行者又来了，他对裁缝店老板说："现在你能跟我走了吧。"裁缝店老板慌忙摇头，说道："哦，我不能走，不能走！因为我的孩子刚刚学业有成，所以我不能跟你走，我还是等帮他娶了媳妇之后再跟你走吧，请你七年以后再来吧。"

　　又过了七年，修行者又来这里找到了裁缝店老板，他问："你现在可以跟我走了吧？"裁缝店老板连忙摆手，说："哦，不行。我现在还不能跟你走，我的孩子已经有了孩子，我现在必须要照顾他们，等我孩子的孩子再长大一点，我就跟你走，请你再等我七年吧。"

　　于是修行者离开了，等过了七年他再回来的时候，发现从前那个裁缝店老板已经不在了，他已经去世了，裁缝铺子也消失了。但是修行者能够通灵，他立刻发现这家有一头牛，而这头牛就是裁缝店老板转世变的。这个修行者对牛说："你现在可以跟我走了吗？你已经变成这样了。"没想到牛连忙摇头，说："哦，不行！我还不能走，因为全家的耕田必须要我帮他们完成，这样吧，等七年以后他们都过得好一点了我就跟你走。"

七年后修行者又回来了，但是他发现那头牛已经死了，而他在这家的门口看到了一条狗，修行者知道这条狗还是裁缝店老板转世变的。他对这条狗说："你现在肯定可以和我走了吧？"他没想到自己又一次被拒绝了，那条狗说："我还不能走，因为我现在的工作是看家，我要在门口守着，不让坏人进来，我想我七年后就能跟你走了。"

时光荏苒，七年又过去了。七年后修行者再回到这里时，发现那条狗不见了，但是修行者很快在这家的花园里看到了一条蛇，那条蛇一直盘在一棵树上，修行者知道这条蛇是这个老人的又一次转世。于是他问蛇："你现在可以跟我走了吧？"蛇摇了摇头，说："不行！因为在我死前，我在现在盘着的这棵树下埋了许多的宝藏，我要等我的孩子找到这些宝藏，这样我才能放心跟你走。"正说着，他的孩子走了过来，并且立刻发现有一条蛇正盘在自己家花园里的大树上，于是连忙招呼亲人，大家拿着锤子、耙子、棍子，齐心协力把那条蛇打死了。

故事讲完了，但我相信这个故事留下的思考是难以估量的。

当我们越活越艰难，当我们越活越疲惫，当种种欲望快要将我们吞噬，永远不要忘记，你的选择权就在当下，而生命就是需要不停地修正才能回归最初的纯白。

你觉得那个裁缝店老板到底是为了什么呢？没错，执著，他太执著了，以至于他总是把一次又一次的机会拒之门外，总是说着"下一次吧，下一次吧"，可是到最后，再也没有下一次了。

所以在这里，我想要和所有人分享的是：不要把这一刻的事情推到明天，推到以后，永远不要想着未来很快就会来，到时候再做也不迟，重视当下，珍惜当下，因为——

当下正是修行时。

为什么我们要修行？我们修的究竟是什么？我们行的究竟是什么？

修行，我们不是为了寻求单纯的解脱之道，而是想修正自己的生命。就像假如我们想要养一棵美丽的盆栽，那么我们需要不停地对盆栽修剪才能让这盆栽富有美丽与生机，如果任其疯长，无规无矩，那么我们就偏离了最初想要养一棵美丽盆栽的心了。

是的没错，**修行，其实就是在修我们的那颗初心。**

我相信每个人来到这世上，都有一个最初的梦想，也许后来会有很多"我想要财富""我想要美貌""我想要轰轰烈烈的爱情"等一系列的梦想，但这些梦想往往是随着年龄与认知的增长而附加的，它们其实并不属于"最初的梦想"，而是属于"欲望"。仔细想一想，最初的梦想究竟是什么呢？

我想了很久，才意识到，当年小小的我心里萌生出的最初的梦想其实很简单："我想做一个快乐的人。"那时的我想要一直快乐地生活下去，想要做一个幸福的小女儿，想要每天快乐地和亲人在一起，想要永远以无害的眼光看世界，想要这样开心地过完这一生。就这么简简单单。

而当我慢慢走入社会，我发现我的欲望多了起来，我想要的也渐渐多了起来，而这些"想要的东西"，也慢慢替代了我的笑容。

从什么时候开始我们的笑容少了呢？从什么时候开始欲望变得能够代替我们的幸福与快乐呢？从什么时候开始我们觉得自己累了呢？

当下正是修行时，所以我停了下来，开始修自己，修那颗初心，我想要找到儿时的初心，我知道它停留在我最快乐的时光里。

修心，就要放下，把上一刻的归于上一刻，把这一刻的还给这一刻，把下一刻的留给下一刻，在当下修心，在每一刻修心。

在印度，我学习到了二十八种解脱，这些需要解脱的，其实就是一直困扰着我们内心的桎梏，上天就像那个修行者一样，其实把选择权早已给了我们，但是究竟要如何选择，这些由我们自己决定。

当我们越活越艰难，当我们越活越疲惫，当种种欲望快要将我们吞噬，永远不要忘记，你的选择权就在当下，而生命就是需要不停地修正才能回归最初的纯白。在修行、修心的同时，我们会打开思维，打开灵感，打开心扉，打开视野，当我们再次睁开眼，就会发现，原来心真的能够静下来，而世界，真的不再拥挤，变得如此辽远与广阔。

当下正是修行时，你还在等待什么？

菩 提
树下,
生命开花

如果有人问我，去过那么多的国家，最喜欢哪里，我一定会说喜欢印度。纵然这世间的风景全然不同，每一站都有自己独有的美丽，这些美丽都是我内心深处的宝石，而其中最最闪亮的那颗宝石，一定是印度了。

因为去别的地方是为了散心，而去印度，是为了寻心。

寻心不仅仅是修正自己的道路，还是为了成长，我们必须时时刻刻调整自己的状态，然后成长为一个更好的人。

成长是必要的，永远不要因为已经成年，就用成年人最擅长的自我麻痹来欺骗自己，以为自己年龄已经够格，但是心智、认知，这些与年龄无关，必须时时刻刻地提醒自己还有很多地方需要完善，努力提高个人的修养，不断"维护""修正"自己，发现这一刻的自己需要什么，需要提升哪些地方。

我们要不断地成长，原因很简单：**当你的成长速度跟不上另一半时，婚姻就会出现问题；当你的成长速度跟不上孩子时，教育就会出现问题；当你的成长速度跟不上老板时，工作就会出现问题；当你的成长速度跟不上客户时，合作就会出现问题；当你的成长速度跟不上市场时，公司就会出现问题……**

这么多的问题不值得我们思考吗？同样，这么多的成长机会难道不应该引起你的重视然后珍惜吗？**而解决问题的关键其实就在于：学习、成长、改变。**

每年我会去印度的合一大学求学，就是对于自我而言的一种修行，就是为了能够在现有的基础上更好地成长。那是个很美的地方，很神圣，很庄严，我发自内心地喜欢。在那里，我仿佛感受到合一大殿与我的灵魂契合在一起。

在印度，每天除了按时上课外，我最喜欢的事情莫过于静静地坐在芒果树下放空自己了。

头顶是蓝色的天，大朵的云彩悠然飘着，一阵风吹来，那悠闲的云朵就笑着四下逃散了，它们和风玩起了捉迷藏。阳光很好，温暖惬意，眯起眼，就能感觉到阳光正在把橘色的暖意带入心的世界，心里热烘烘的，再潮湿的心情也会被这阳光烘干了。

合一大学里种了很多芒果树，不是我们经常看到的那种密密麻麻的种植果树，而是广袤的草地上，一棵棵芒果树零零散散地伫立在那里，就像是上天随手洒下的几颗种子，经过漫长的风雨洗礼，最终成长为大树。

这里仅仅用"美"这个字是形容不完整的，这里的美不是停于表面的光景，而是一草一木都能走入每个人的心头，让我们发自内心感受到万物灵魂的气息。

这一刻，我坐在树下，便只顾着感受这树下的片刻安宁了。

活在当下，是一个永恒的课题。

记得第一次来到印度时，我是带着疑问而来的。

一个人在芒果树下打坐，看着远处湛蓝的天空，感受着微风拂过的清爽，看着连绵广阔的草地，心却是怎么也得不到舒展。抬起头，不经意间，细碎的阳光穿过层层枝叶，落到了我的眼底，我多么期望这光芒能够指引着我走出迷途啊。

我缓缓地闭上了眼睛，听着耳边细细的风声，我感受到来自自然的恩赐，在这静谧中，我轻声问自己："我在这里，真的能找到一个答案吗？"

忽然，我好像听到一个遥远、厚重的声音问我："你为谁要

一个答案？"

我一愣，一时之间有些不知所措。

"你为谁要一个答案？"那个声音非常慈祥、温暖，让我立刻想到了我的父亲母亲。

"我，我是为我自己要一个答案的。"我听见自己的回答。

"你已经到来，你已经开始，**难道对你来说，答案比开始还要重要吗？**"那个声音似乎来自非常非常遥远的地方，可是依旧是那样清晰。

这下我是真的愣住了，我闭着眼，在一片漆黑中问自己："我想让自己活得更敞开一些，所以我寻求一个答案。但是，这个答案难道比我寻求的过程还要重要吗？还是我可以忽略为了答案所经历的一切，仅仅只是为了那样一个答案？不，不对，我并非为了答案而来，我是为了经历而来！"

"我不是为我自己要一个答案而来，我是为了我自己而来。与答案无关，仅仅是因为我想要经历更多。"我把自己想到的答案说出来。

"这世间的一切都是经历，所经历的一切都会有感受，你为何一定要到这里来经历呢？"那个声音质问道。

这下我真的是哑口无言了，的确，既然是为了经历而来，这大千世界万丈红尘，何处不是修行之地，何处不是经历之所呢？我为何执迷走这一遭？为何一定要从中国来到这遥远的国家呢？

这一次，我不再急于回答问题，我并非是为了回答这些问题而停顿思索，我是为了自己还能向前走。

我来到这里，究竟是为了什么？我的内心深处某一个地方告诉我，来到这里，一切就会不一样，可是究竟什么会不一样呢？我还是那个我，离开这里，我还是会回到我的城市，做自己的工作，住一直以来住着的房子。那么，究竟是什么改变了呢？我觉得自己想得头都要爆炸了。

正在这时，那个声音又响起来了：**"不要用你的头脑思维禁锢你内心的答案。"**

"内心的答案？"我喃喃地重复道。对，从一开始，我就一直在用头脑思考，我按照普遍思维方式和普遍思维规律来为自己寻找答案，而我所得出的那些结论，都是我的头脑告诉我的，而不是我的心告诉我的！

我静下来，感受着黑暗，感受着这一刻的孤单，摒弃思维，看清一点，再看清一点。终于，在黑暗中，我看到心轮深处，有一个穿着白衣服的孩子正在那里打坐。我轻轻走向她，脚步声啪嗒啪嗒，可是她似乎完全不被我的脚步声打扰。

"你在做什么？"我轻声问那个孩子。

"我在祈福。"她没有看我一眼，仍旧闭目打坐。

"祈福？为谁祈福？"我有些不解。

"为世人。"她回答。

"世人？这世上的人多到数也数不清，如何能祈福得过来呢？"我更不解了。

"**你在乎的是数量，而我在乎的是对象。对我来说，为一个人祈福与为一亿个人祈福是没有差别的，我要做的，只是怀着爱祈福而已。**"她温和地回答。

那一瞬间，我的内心遭受了极大的震撼，这就是一直以来桎梏我的魔障啊！就像那个孩子说的一样，我在乎的是数量，而忘了这本质其实就是祈福，至于为谁祈福，为多少人祈福，这些根本就不是问题的问题变成了困扰着我最大的问题，我被这些表面的东西所困住，自然就得不到心灵的释放了！

当我明白了这一点，那个小孩子忽然消失了，取而代之的是一片白茫茫的耀眼的光。我听到最初那个浑厚的声音又一次问我："你为什么翻山越岭来到这里？"

这一次，我不再犹豫："我是为了这世间更多的人。"

"为了他们，你要改变吗？"

"我不是要改变,我是想学会影响,我想要影响更多的人,帮助更多的人。"我回答。

"那世间人在你眼中有不同吗?"那声音继续问我。

"当我离开这里,或许就全然不同了。那善的仍善,而恶的也已经是善了。"我被那白色的光芒包围着,慢慢说道。

那个声音似乎友善地笑了:"这就是你到来的意义,永远不要将它忘记。从今以后,你将成为连接宇宙与世人的管道,你会把接收到的大爱与世人分享,你会把爱的光明播撒在行走的路途上,你积极向上的心态会为你铲除一切困难,你的爱能够影响更多的人。"说完,那声音消失在了遥远的天际。

慢慢睁开眼,我仍旧是在芒果树下打坐,而日头已经西落,风吹过树梢,一阵阵凉意袭来,我却忽然觉得自己已经完全不同了。

相传释迦牟尼在菩提树下顿悟,而此刻的我,虽然远远达不到佛祖的境界,但是我觉得这芒果树就是我的菩提树。在这棵菩提树下,我获得了新生,我看到了自己的心终于挣脱了寒冬,迎来了万物复苏的春天。我看到自己的灵魂深处,有一朵花正在悄然盛开,而我的生命,终究迎来了绽放的季节。

菩提树下,生命开花。

相　信
奇迹
一直在发生

这世界上，有一种能量每个人都会期待，它的出现意味着"改变""转机"，那种能量的名字叫"奇迹"。

我是相信奇迹的人，对于我来说，奇迹每天都在发生。

你有没有觉得，我们的心在不知不觉中已经蒙尘，我们的身上不知何时挂上了锁链，我们步履维艰，行走的每一步都是那么难，可是我们也清楚地知道，真正感觉到累的不是我们的身体，而是我们的内心。

我们活得越来越低落，甚至没有了相信奇迹会发生的力量。我们斩钉截铁地认为奇迹不会降临在自己身上，我们不愿去期待，因为我们害怕满心的期待到最后换来的只是一腔失望，没有期待就没有失望。

然而有些奇迹，因为一直出现在我们身边，我们已经忘记了，那些正在发生的，或者已经发生的，本来就是一种奇迹。

奇迹究竟是什么？或许在很多人眼中，奇迹就是类似"人飞起来"这种事物，其实不然。现在，看一下我们的手，它能动，这就是奇迹，看一下我们的脚，它能走，这就是奇迹。这一刻正在发生的，其实都是奇迹。

在印度上课时，我们曾经讲到，地球就像一个自助餐，我们体验和平、喜悦、丰盛，就会得到和平、喜悦、丰盛；我们体验恐惧、害怕，也会得到恐惧、害怕。重要的是你想要什么，而我们，需要设计一个奇迹的头脑。

奇迹降临其实很简单。第一，坚定地相信奇迹会在我们身上发生；第二，要肯定奇迹的出现；第三，敞开一切接纳奇迹；第四，信任奇迹为我们带来的一切；第五，等待奇迹出现。

假如能做到这五点，那么我们就能够接收到宇宙给我们的礼物，也就是我们心中最想要的、最美好的东西。

不知道你有没有这样的经历。开车出门，到达目的地却发现怎么也找不到空车位。我也曾有过这样的经历，有时候甚至等了大半天都不能找到一个空车位。

我们习惯了平和的生活，习惯了另一半的照顾，甚至习惯了生命本身就拥有的存在感，我们不会质疑这一切有多么难得，我们认为这一切都是必然，所以我们中的很多很多人不会去感恩。

但是后来我每次将要驱车去哪里时都会在心里祈祷，我祈祷能够有空车位，祈祷停车不会耽误我的时间，我相信一定会有奇迹发生。每次只要这样一想，真的就发生了。很神奇的是在那么拥挤的地方，真的会有一个空的车位等着我到来。

或许你认为这只是巧合，可是亲爱的，在相信的人的心中，这就是奇迹啊。

再分享一件小事，我有一辆车，我为她取名为"菲菲"，和她的缘分，我也将这归于"奇迹"。

最初我想要买一辆车，那时候我心里有一种感觉：我想要一辆有着海洋般感觉的车，很美并且不张扬。我在心里一直期待着这辆车的到来。

有一天我去一个会所，刚走进电梯，抬起头，就看到电梯上的屏幕上正放着一个广告，那是一辆蓝色的敞篷跑车停在海边，我的心一瞬间被她的模样迷住了。我连忙打电话给公司的顾总："快帮我查一辆车的资料！"……

没过多久，我得到了这辆车，要知道，当时整个上海只有两辆，如果错过了，就需要再等一两个月才能从国外运来。这真的是非常神奇的事情，我心心念念着一辆海洋般的车，然后就真的看到了这辆车,也拥有了这辆车,这难道不神奇吗?

　　类似的事情实在是不胜枚举,就像天上的星星一般数也数不清。奇迹真的会发生啊,可能是很小很小的事情,但是这就是奇迹啊。

　　我们的头脑中忽然出现了清晰的景象,似乎有什么在指引着,这不就是一个奇迹吗?家庭中出现了一些问题,但是很快就解决了,不就是一个奇迹吗?这一刻我们的心中盛满了爱,不就是奇迹吗?

　　你知道全世界每天有多少人因为疾病、战争离开人世吗?你知道这世界有多少人,而你和另一半相识相知最终走到一起的概率有多么小吗?你知道就连出生也是一种偶然中的偶然吗?……

　　这些都是非常非常大的奇迹,然而我们习惯了平和的生活,习惯了另一半的照顾,甚至习惯了生命本身就拥有的存在感,我们不会质疑这一切有多么难得,我们认为这一切都是必然,所以我们中的很多人不会去感恩。

　　在印度,我们也学习了如何让奇迹加速发生,也想和大家分享一下。那就是：感恩、付出、奉献、祈祷、冥想、每天保持喜悦、分享奇迹的发生、家里保持整洁、听一些优美的音乐……**美能够吸引美，同样，美丽的灵魂，也能够吸引奇迹。**

你有信仰吗？你相信奇迹吗？我有，所以我相信，所以我能更深刻地感受到奇迹一直在我的身边发生。不管是规避了一场惨绝人寰的车祸，或者遇到了一个心有灵犀的人，还是吃到了一道美味至极的料理，这些在我看来，都是奇迹。

相信奇迹，相信自己，相信自己值得拥有一切，值得拥有更多的奇迹，最重要的是，你要相信这一刻奇迹正在发生，而你，则拥有改变一切的力量。

全世界都是我给你的爱 ♪

第四章

爱追寻的人
有着世间最美丽的面庞

我喜欢，
在路上的自己

爱追寻的人有着世间最美丽的面庞

在一个陌生的地方偶然间听到一首老歌，这种感觉真的非常奇妙，那首歌也会变得非常有味道。

在街角路过一间小小的店铺，透过橱窗，看到里面一排一排整齐地码放着各种各样的CD、DVD。店里正在播放着一首老歌，悠扬如同天籁的女声隐隐约约传了出来，让人心神雀跃。

"不要问我从哪里来，我的故乡在远方，为什么流浪，流浪远方……"

正在他乡行走的我，听到这样的歌，居然落下泪来。

从某种意义上来说，我也是"流浪的人"，我一年中有很多时间会去不同的地方行走，我想去看一看不同的世界，想去了解不同的民俗风情，想要去感受不同的人文地理，想要给自己暂时离缰现实的机会，成为真正的自己。

行走，远方，这两个词对很多人来说都有着致命的吸引力。

我们想去某个地方，想了很久甚至一生，但也只是想想而已。因为我们是那样喜欢已有的名誉、金钱或者地位，谁也不愿意真的为了虚无的精神，放弃已经拥有的一切。

但是我们的灵魂在呐喊，它呼啸着，想要听到行走的脚步声，想要听到波澜壮阔的涛声，想要听到夹杂着自然味道的风声，想要离开日复一日年复一年规规矩矩没有自我的生活，想要找一个机会，好好地做一次自己。

于是，我们带着期待出发了。我们走了很远的路，来到很多古老的地方，用身体和心灵抚摸着那些陈旧的印记，我们知道它们虽然不会开口，但蕴藏着无尽的智慧。我们也终于明白了，一生所要做的最重要的事情就是前行在路上。

世界很静，静得只剩下风；世界很慢，所以我们能追到最初的脚步。

我喜欢行走的自己。

行走的过程中，我会思索，我不会再让日常的繁芜扯住我生命的藤蔓，我见到了光，我又能肆意生长起来。

行走的过程中，我会遇到很多的人，不同的肤色不同的国度,相同的是,我们有着同样热爱生命的心。

行走的过程中,我会觉得自己无比勇敢,在那前行的路途中,伴随着各种各样的艰难与险阻,可是我不退缩,亦不会转弯,我不会给自己留下退路,我只会向前。当我勇往直前,我看到了一个更加坚定的自己。

行走的过程中,我会被很多细小的感动唤醒日渐麻木的心。常年生活在都市,我们已经有些忘了怎样去感动,我们冷着脸冷着心,看着这世界,看着别人的苦难。行走,当我们脱离了冷漠的大环境,融入到淳朴的时光中,会发现,自己的血居然还是热的,自己的泪还会为别人掉落。

行走的过程中,我遇到了很多很多美好的人,我们虽然是彼此生命中的过客,却是值得纪念一生的过客。我们深知这样行走下去,我们就像两条射线,在这一次相遇的交点后,再没有再会的可能。仅仅是相处的几日,或者是几个小时,甚至几分钟,一个动作,一个笑容,似乎都能深深地刻在我们的脑海中。**人其实就是在不断地告别中让自己变得更加强大,因为我们得到了来自他人的爱,所以我们能够行走的义无反顾。**

我喜欢在路上的自己。

在路上，我发现自己又能久违地、发自内心地笑了。这笑容里有着温暖，有着善意，有着对陌生人、陌生世界的爱。

在路上，我发现自己不再是那个在繁华中养尊处优的人儿，我能够独立、能够自立，不管环境有多恶劣，我都能以最好的心态来接纳它。

在路上，我喜欢上了那个找回了童心的自己，她对外面的世界充满了好奇，不管见到什么，都想要问一句"为什么"。对未知的渴望，这种感觉已经好久没有了，当它再次出现，提醒着我，现在的我活得是多么年轻啊。

在路上，我喜欢那种对未知旅程充满了期待的感觉，这样混合着忐忑、等待、惊喜、热爱的心情让我时刻都能够听见自己的内心正在雀跃地歌唱。我会期待自己将要前往哪里——是峡谷还是城镇，是广阔草原还是原始森林；我会期待自己将要看到怎样的风光——是巍峨雪山还是浩瀚江河，是海之角的惊涛还是云之巅的星光；我会期待在路途中将要遇到谁——是坚毅的男人还是看似孱弱的女人，是朴实的笑脸还是有些忧伤的面孔；我会期待自己将会有怎样的经历——是在街边听老阿婆讲着听不懂的故事，还是看到了一次异常壮美的日出之景，是与那些陌生人不断拥抱道别，还是在下一个路口遇见了值得深爱的人……

行走,当我们脱离了冷漠的大环境,融入到淳朴的时光中,会发现,自己的血居然还是热的,自己的泪还会为别人掉落。

我太喜欢行走了，我太喜欢路途中的一切了，我太喜欢在路上的自己了，因为在路上，我从未觉得自己正在老去，反而每一天都是年轻焕发，充满了活力。

你知道吗，行走的人身上有着一种独特的味道，那种味道很容易就能分辨出来，因为那是久居都市享受安逸生活的人身上永远不会有的味道。

那是一种沾染着泥土气息的味道，那是一种裹挟着淡淡海风的味道，那是一种来自高山丛林原始纯净氧气的味道，那是一种似乎无比熟悉但却离我们越来越远的味道……

那是自由的味道。

当我们将自己囚禁在小小的城市，那三寸天空似乎变成了我们眼中所有的风景。我们忘记了最初的自己是多么渴望自由，更忘记了追寻自由一直是我们内心深处最大的梦想。

你还年轻，何必让自己孤单老去？趁着年轻，为什么不去疯狂一次？

再不疯狂，我们真的就要老了。

上路吧，那路上所有奔放快乐的有情人们都在歌唱，路上的山山水水花花草草都值得留恋与珍惜；

　　上路吧，我知道你的内心深处一直渴望着冲破现实的禁锢，而你的灵魂正在渴望着追寻的梦；

　　上路吧，趁着时光正好，趁着此身未老，趁着还有时间，看一看外面的世界，听一听来自远方的呼唤；

　　上路吧，**我相信，你一定会喜欢上那个在路上的自己。**

追上
灵魂的
脚　步

爱追寻的人有着世间最美丽的面庞

这么多年来我一直在行走,我为自己感到骄傲,因为从未停下的脚步。

多年以前,我和大多数人一样,为了工作放弃了很多东西,似乎除了工作,就一无所有。每天忙到深夜,有时躺到床上,却怎么也睡不着。

我听到了一些声音,那声音似乎是从窗外传来,我打开窗,却什么也没有。我听到了一阵脚步声,似乎一个人穿着一双红色的舞鞋,跳跃着越走越远了。似乎有谁在我的耳边轻轻哼唱着:"流年的风尘在我眼前拉开了帷幕,我看见你正穿着魔鬼的红舞鞋,在旷野里疯跑,我听见舞者的灵魂在呐喊,那孤独的叫声,打湿了我绣花的枕巾……"

脚步声越来越远,而我的心却有些焦躁不安起来,我知道这种不安究竟来自于哪里——那脚步声对我有着致命的吸引力。可是脚步远了,我还在这里,这让我觉得非常不安,所以我总是彻夜难眠。

可是,**一切都是最好的安排**。就那样不安地拼搏了多年以后,我终于有了自己的时间,也能负担起金钱的压力,我也有了心灵自由的选择权,等我再回过头来,看看多年前的自己,我终于明白那脚步是什么了。

那是自由的灵魂远走的声音。

被现实禁锢在这里,而我的灵魂早已带着自由的梦远走他乡。她或许早已穿越了这世间的山川江海,看遍了红尘的悲欢离合,或许在某一个小镇停留,然后无比希望我也能看到那里的美与爱。

隔了许多年,我终于能够踏上她曾经出走的路,终于能够循着她的踪迹走遍世界,终于能够追上她的脚步了。

她就是我,她就是我的灵魂,她在多年以前就为了自由远走高飞,而现在,我要将她寻回来。

我很庆幸现在的自己是真正自由的。**人的一生有三大自由:第一是金钱上、财富上的自由;第二是心灵上的自由**,是不是内心宽阔，或者心情不错；第三则是时间上的自由，有着充足的时间来实现自己的梦想。

其实说到底，金钱上的自由与心灵的自由其实并不难得，反而最难的是时间上的自由。因为现在大部分人都没有时间上的自由，他们的时间都是被别人控制的。这不是一个问题，而是一种普遍现象。

所以我们没有办法说我今天想要去哪里然后就立刻出发，大多数人是不行的，不是说能不能负担得起一张机票的问题，而是太多繁忙的事情拥在身边，除非我们放弃自己的工作、生活，为了一个看似不现实的梦远走高飞。

我是幸运的，虽然多年以前我没能循着自己的心出发，可是多年后我终于有了财富的自由、心灵的自由以及时间的自由。这些完全是属于我的，是我用很多年的放弃换来的。

在某种程度上来说，我羡慕那些说走就走的人，他们能够放下一切，天南海北四处漂泊，在陌生人的家里借宿，或者躺在空旷的草地上欣赏着别处没有的星空。然而这种行为并不值得所有人效仿，每个人都有自己的生活轨迹，都有自己的生活目标，我们需要先生存下去，才能考虑怎样生活，如何生活得更好。是追寻自由的心，还是和有情人在小小的房间里一起老去。

很多人会像我一样，放弃了很多年，用事业、用拼搏换来今天的一切，拥有了现在，我们就可以做很多年轻时候做不到的事情。我们可以纵马驰骋，也可以高原夜歌；我们可以漂洋过海，也可以巡游天际……

这世界上永远不会有天上掉馅饼的好事，所有的"好"都是要用自己来交换的。

当你羡慕那些穷游世界的人们，你没有看到他们正在为一分钱而发愁的样子；

当你羡慕那些有着大把时间行走的人，你没有注意到他们其实是放弃了自己的工作，甚至放弃了原有的人生；

当你羡慕那些有足够金钱和时间环游世界的人们，你会发现他们往往已经不再年轻，他们是用生命中最年轻、最有生机的几十年换来了现在的幸福时光。

所有的一切，都是等价交换。

所幸的是，梦想不分年龄，自由不分等级，不管是贫穷还是富有，不管是稚嫩还是苍老，每一个人都有追寻自我的权利。

这自我或许就是灵魂了，她已经离开太久，替你去了你想

她就是我,她就是我的灵魂,她在多年以前就为了自由远走高飞,而现在,我要将她寻回来。

所幸的是,梦想不分年龄,自由不分等级,不管是贫穷还是富有,不管是稚嫩还是苍老,每一个人都有追寻自我的权利。

要去的地方。你可以选择在心里神游,然后依旧停留在现实,也可以选择追上灵魂的脚步,和她一起继续向前走,看没看过的风光,感受没感受过的温暖。

我最终还是追上了灵魂的脚步,在一个陌生的国家,在一个陌生的小镇。

那是在阿尔卑斯山下的小镇,夜晚是如此静谧,没有喧嚣,没有浮躁。透过窗,看到远处高耸的教堂屹立在那里,像是一个风度翩翩的骑士。耳边是自然的交响曲,没有任何人为的杂音,凉爽柔和的微风绕过我的身体,似乎一切都安静得没有声响。

那温柔的风啊,环来绕去,丝丝缕缕,似乎万分不舍地离去。眼前是一片湖水,星空与月亮倒映在水面上,就像是一幅来自中世纪的油画,那么安静,那么美好,似乎时间停住了,似乎生命停住了。

忽然,我听到一阵久违的脚步声,近了,更近了!终于,那脚步声停了下来,我知道,她回来了!我终于追上了她,我的灵魂回来了,我的追寻也终于有了最美好、最温暖的回答。

我静静地听着自己的心跳,那节奏和律动,是多么契合啊。我深深地感觉到所有的付出都值得,所有的痛苦都值得,因为如若没有那些沉沦的苦难，我也不会有勇气寻到最初的自己，最初的那颗心。

人的本质就是热爱自由，每个人都曾有过想要出走的梦想。然而我们大多数人无法真的做到，所以我们的灵魂为我们出走，替我们去世界的各个角落看看。

或许很多人一生都无法再与那自由的灵魂相遇，安于现状，也会觉得踏实和安慰。只是当白发苍苍，再想起自己曾经那个稚嫩的心愿，留下一声长长的叹惋。

如果有机会，去追上灵魂的脚步吧，不管那时的你是什么模样，壮年还是迟暮，都应该尝试着感受身体从未走过的路。

我相信在路上的你一定不会孤单，因为你的灵魂，一直在远方指引着你前行。

阿尔
卑斯山
下

全世界都是我给你的*爱*

很多年前，我看过一本书，叫《魂断阿尔卑斯山》。这本书并不是寻常意义上的小说或者散文，如果严格地来说，属于剧本，美文剧本合集。这本书的作者是诺贝尔文学奖获得者耶利内克，她是一个能够洞悉人性的女人，那本《魂断阿尔卑斯山》或许不是她的代表作，但是对我来说有着很重要的意义。

因为受到书中内容的影响，在我心里，阿尔卑斯山是和人性紧密相连的。她对我的影响可以说是非常大，让我开始思考、批判、相信。

很多年后，我又一次接触到了阿尔卑斯山，而这一次，无关书籍，我是真真正正站在这座山的面前，感受着她的美与严峻，感受着那寒风携来的关于人性、自我的呼喊——为了这一刻，我似乎等待了好久，好久。

如果比喻得活泼一些，阿尔卑斯山就像是一个奶油巧克力雪糕,巧克力的内芯,外面的顶上蘸上一层冰凉的鲜奶,舔一口,甜甜的,凉凉的,让人咬了一口还想再咬一口。如果比喻得唯美一些,阿尔卑斯山就像一个披着白色风衣的少女,她有着世界上最美丽的面庞,看起来有些冷漠,远远地伫立在那里,但是当你走近,却能够透过那终年积雪的寒气感受到她的热情与温暖。

在这里,没有多年前看到的书中那样冷彻的悲剧色彩,没有任何关于人性的批判与宣告,有的只有深陷于这美好感受中的自我,还有无论如何都不想离开的内心与灵魂。

在阿尔卑斯山上,总会见到装备齐全攀登雪山的人们,他们往往来自遥远的国度,住在山下的小镇很久,只是为了某一天能够真的登顶,感受着征服大自然的兴奋与征服自己的自豪。

虽然山下常年四季如春,风景靓丽,还有难得一见的天然湖区,但其实雪山上的环境是很恶劣的,因为常年有焚风出现,容易引起雪崩、冰雪速溶等自然灾害。而且海拔每上升200米,温度就会下降1摄氏度,最高的勃朗峰大约4810米,那就不难想象山上的温度有多低了。爬雪山的人不仅要忍受严寒,还要随时提防雪崩的危险,征服雪山也就变成了一件非常困难的事情。

我曾问随行的朋友,为什么明知道危险那么多,甚至随时有可能被暴雪淹没，那些人还是要攀登呢？雪山对于他们来说，真的这么有魔力吗？

朋友笑了，对我只说了一句话："**他们要看的风景在上面呢，如果不一直向上攀登，他们永远也看不到那些心心念念的风景。**"

这句话让我的内心有了非常大的感触。其实这就是修行啊，我本就是修行路上的人，为何却看不透呢？就像要寻找失落的灵魂或者命中注定的另一半，我只有一直往前走，而灵魂或者那个人也在行走着，我们才有可能相遇。如果双方都不愿意往前走，很有可能就那样擦肩而过了。

我需要不断地往上修，直到修成正果，才有相见的可能。就像一个站在一楼的人，他如何看到五楼的风景？如何与五楼的人处在一个频道？因为高度不同，所以他们身处的世界也就完全不同，所以就要修行，往上走，才有可能相遇啊。

这些其实就是那些将生死置之度外的攀登者所求的吧。

在阿尔卑斯山，你会有一种感觉，那就是希望自己能变得更美一些，能够配得上这山脉的美；你会希望自己能更自由一些，这样灵魂就能配得上这山脉的自由；你会希望自己能够变得更沉迷一些，这样就会忘记所有凡俗旧事，只能感受到活着的美好。

这就是行走的秘密,当我们来到美丽的地方,你会想要自己变得更美一些,不管是外在还是内心,你想让自己更纯粹一些,然后能配得上这美丽的风光,美丽的世界。

我对这种感觉深有体会,因为真的会被阿尔卑斯山营造的氛围所牵引,然后对自己有了这样那样的期待。

阿尔卑斯山下有个小镇,那里有一家环境非常优美的酒店,坐落在四季如春的湖水旁,面朝着连绵起伏的雪山。我住在那里,每日看着雪山,感受着大自然的壮美,自己居然有些触动,甚至想要做些改变。

我以前并不太会注意到这些的,但是在阿尔卑斯山下的酒店,我在自己的房间里,将随身带着的小蜡烛拿出来,点燃放在窗棂上,或者握一杯陈年红酒,倚靠着窗口,已经是非常享受了。我穿着非常美丽的睡袍,披着一条丝巾,感受着精油的淡淡芳香。只是倚靠着,就觉得自己身在画中。我不抽烟,但是在那样的环境中,沉浸在美好中,人会不自觉地寻找一支烟,点燃它。仅仅只是点燃,夹在手上,透过这烟雾环绕看着阿尔卑斯山上的雾气。然后不经意地低头,将那湛蓝的湖水和倒映在湖水中的风光收入眼中。

那天,我房间的门忘了关上,同行的一个朋友来找我聊天,当他推开门,看到我依靠在那里,微微闭着眼睛享受的模样,有些呆愣住了。他悄悄走进来,坐在我旁边的椅子上,只是那样静静地看着我。等我察觉到房间里有人慢慢睁开眼时,他已经在这里坐了不知有多久了。

"你好美啊。"朋友发自内心地说道。

"我知道。"我笑着回答他。

朋友看着我手中已经灭掉的烟,忽然好奇地眨着眼睛问我:"你还有多少秘密?"

"什么?"我有些不解。

"我从来不知道你还会抽烟。"他有些惊奇地说。

我摇了摇头:"不,我不会抽烟,只是刚才那一刻,我忽然觉得有一支烟,然后让它慢慢燃烧,从烟雾看到的会是不一样的风光,感受到的也会是另一种美,于是我尝试了。"

"结果怎么样?"朋友好奇地问。

我神秘一笑:"非常满足。"

朋友点点头说:"在这么美的山下,谁都会想要更美一些。"

这就是行走的秘密,当你来到美丽的地方,你会想要自己变得更美一些,不管是外在还是内心;你想让自己更纯粹一些,然后能配得上这美丽的风光,美丽的世界。

阿尔卑斯山下,我遇见了生命中的至美,我相信,在未来行走的路上,还有更多的美在等着我发觉,等着我感受,等着我了解。

双生，
这世界上的
另一个我

爱追寻的人有着世间最美丽的面庞♪

我去了丽江，乘着夏天的风来到了这个仿佛置身于画中的小城。我喜欢这种感觉，上午还在繁忙的都市，下午为了自己，愿意剥离喧嚣，走入宁静。

真正爱上丽江，是从那部电视剧《一米阳光》开始的。在那遥远的记忆里，停留的是古镇的纯净，小溪间的流水声，美丽的男男女女，还有纳西族古乐，清晨从远处山头拉开的云雾……

丽江适合发呆，或者听着音乐，寻找着文字的灵感。午后的阳光下，坐在古老的阳台上，眼前是一杯冒着淡淡热气的咖啡，看着远处的山，思绪也就飘远了。

我来这里究竟是为了什么呢？我看着那天边的云朵，看着那挂在山尖的日头，看着远处游人结伴走过那悠久的小道，有些茫然了。

"嘿，你一个人吗？"忽然，一个声音唤醒了我的沉思。我抬头，四处找寻，终于在不远处那扇雕花的窗扉旁看到了声音的主人。

那是一个恬静的女子，披着长发，鬓边插着一朵小花。她穿着宽松的、具有民族特色的衣衫，露出细细的手腕和脚踝，上面银铃作响，原来是一串纳西族的首饰。她的脸上挂着淡然的笑，眼睛大大的，仿佛会说话。

"我的同伴们去玩儿了，我现在是一个人。"我向她微微点点头，轻轻说道。

"那我陪你聊聊天吧，反正我也是一个人。"她笑了，用手自然地拨了拨耳边的长发，缓步走上前，走着走着，那银铃声也响了一路。

"请坐。"我指了指对面的那把沉木的椅子，她轻轻坐下，又是淡然一笑。我有些被她迷住了。

"丽江美不美？"她问，鬓边那朵红色小花看起来是那样俏皮可爱。

"美，哪里都美。"我发自内心地说，"山美，水美，古镇美，朴实的人美。"

她点点头，看着远处，不自觉地深吸一口气。"这里哪儿都美,但是我觉得,美不美,还是由看风景的那个人决定的。要是心里快乐,哪儿都美;要是心里惆怅,这再美的风光也抓不住忧伤的心呐。"

我一滞,却不禁赞同起来:"你说的对,**风景啊,不在我们的眼中,而在我们每个人的心里。**"

她听了我的话,似乎有些吃惊,又有些欣慰,笑着说:"你果然懂的,我刚才看到你,就觉得你一定是懂的。"

我笑了笑,我真的懂。

"你为了什么而来?"她忽然问我,忽闪着的大眼睛似乎在唱歌。

我低下头,一时间不知道该怎么回答。"你又是为了什么而来?"我将这个问题抛还给了她。

她温和一笑,调皮地说:"我为了你而来啊。"

我一惊,看着她的眼睛都忘了眨:"为、为我而来?"我有些摸不着头脑,说话都有些结巴了。

"是啊,为你而来,我知道你在这里等我呢。"她肯定地点了点头。

我更不解了,我们从未相见,这可是第一次碰面呢。

"你去过很多地方吗?"她忽然反问我。

全世界都是我给你的爱

"我去过全世界很多地方,我曾在很多遥远的国家停留。"说到这些,我有些骄傲。是啊,从未停下的脚步,一直前行的脚步,是我的骄傲!

"那你一定有遇到过很多人。黄皮肤白皮肤黑皮肤,说着不同的语言,讲着不同的故事。"她的眼中有着向往。

"当你走遍这世间的很多角落,你会发现,国度、肤色都不能阻挠你们的沟通,或许仅仅只是需要一个笑容、一个眼神,就会让你们心灵相通,你会觉得对面的那个人并不是陌生人,而是已经认识多年的朋友。"我缓缓诉说道。

她笑了起来:"这就是人们常说的'神交'吗?"

我一愣,立刻明白过来,原先的我还没有往这里想过呢,但经她这样一说,会发现真的是神交,真的是无需言语就能感觉到对方灵魂的温度。

"我停留在这里已经很久了,其实我也是来自其他的城市,但是当我踏上这里的土地,我立刻感觉到,这儿就是我今生的栖息之所,我要留下来,我在这里一定会遇到很多人,而这些人也一定在等待着与我相遇。"她说着偏了偏头,有些沉思道,"我这么说是不是有些虚幻呢?"她鬓角的花儿似乎也笑了。

我却有些明白了:"所以你刚才说,你是为我而来?"

要是心里快乐,哪儿都美;要是心里惆怅,这再美的风光也抓不住忧伤的心呐。

她点了点头，有些腼腆地笑了。

原来，她或许曾与无数像我一般在丽江停留的人这样轻声交谈过，或许等待着一个又一个让她期待的人出现。

"你这样快乐吗？"我问她。

她想了想，回答道："我能听到这座城市的声音。"

"什么？"这莫名其妙的回答让我有些不解，我问，"是风吹过的声音吗？或者是游人行走过的足音？"

她缓缓摇了摇头，轻声说道："不，不是那些耳朵能听到的声音，是捂住耳朵也能听到的声音。"

"捂住耳朵？"我伸出手，试着捂住耳朵。

"这是一个关于生命的秘密——"她的声音从指缝中传来，"这古镇，是有生命的，它是活的。"

活的？我疑惑地看向她。

她点点头，慢慢说道："只有真正静下来的人才能听到，古镇的一砖一瓦都在唱歌呢。"

"为什么只有静下来的人才能听到呢？"我反问道。

"因为太过匆忙的人是不会注意那细微的声音的，而内心浮躁的人他会听到各种各样的喧嚣，更听不到这声音了。只有那些真正愿意放下自己的人，才能够听到。"她的声音是那样清澈。

我若有所思，看着古老的客栈，看着外面的小道，缓缓地闭上了眼睛。静下来，放下来。慢慢地，似乎所有的嘈杂声音都在慢慢离我远去，有一个声音慢慢近了，更近了。"扑通，扑通"，是心脏的跳动声！如此强有力的跳动声，似乎穿过了千万年漫长的岁月，传到了我的心里，这是多么具有震撼力的声音啊！仿佛是一个沉睡巨人的心跳！

我猛然睁开眼，看着对面的人儿，指着我的心口，说道："我听到了，那个声音不在耳边，而是在这里！"

她笑了，那笑容是如此纯洁。"你看，我没说错吧，我为你而来，我在等你，因为我知道，你有着一个最美好的灵魂，所以你听得到。"

"你也有一个纯净的灵魂，所以你也听得到。"我也笑了，"我们的灵魂是相通的。"

"你知道这是什么吗——相通的灵魂？"她眨着大大的眼睛看着我。

"什么？"

"**双生**——你是这世界上的另一个我，我也是这世界上的另一个你，我们的灵魂相通，我的体会你都懂，而你的感受我也感**同身受**。找到这样的人是非常非常难得的。"她慢慢地说道。

"双生……"我若有所思，或许真的是这样啊。

"我要先走了，我们该说再见了。我会为你在这里与更多的人相遇。"她浅浅笑着，起身。

我也笑了："我也会为了你走遍这世间的更多角落。"

我们相视而笑，没有再见，没有道别，也不需要道别，她就像一阵风，携着灵魂的芳香，离开了。

"嘿，醒醒，你怎么在这里睡着了？"游玩的友人回来了，她叫醒了不知何时伏在小桌上睡着了的我。

我抬起头，有些茫然地眨着眼，问她："我怎么睡着了？对了，你回来时有没有见到一个非常美好的女子，长长的头发，穿着民族风的服饰，给人的感觉非常非常舒服。"

友人一愣，紧接着用手推了推我，笑着说道："我见到了啊——你说的那个女子不就是你自己嘛！长长的头发，非常有气质，看上去就非常美好啊。"

我一愣，接着释然了。

哦，双生，这世界上的另一个我啊。

有 梦
可做，
有泪可落

谁曾经说过:"生命就是一场追寻。"的确,我们这一生,其实一直在追寻,追寻梦想,追寻初心,追寻未来,追寻答案。

但是,结果并不代表着我们期望的幸福。

比如追寻梦想,我们走了很远的路,追寻自己的梦想,那梦想扎根于现实,在隔了多年后,终于能够开花结果。但是,当我们追寻到这梦想,真的只有幸福弥漫在心里吗?不然,幸福以外的,可能是更多其他情绪,比如苦涩、感慨,甚至想要恸哭一场。幸福不再是追寻到梦想的唯一感受,甚至不再是第一感受。

比如追寻初心,我们不断修行,不断修正自己,才能追寻到初心,这初心停留在最最纯粹的角落,当我们寻到,或许会觉得幸福。但是同样,取而代之的可能是更多其他的感情,比如我们想到要不断提醒自己,不要忘记初心,如果初心模糊了,我们要再修正自己，看清我们的初心，我们一心想着怎么维持，于是忘记了那幸福雀跃的片刻，留下来的，是不断地自省。

比如追寻未来，我们一直向前跑，想要看清未来的模样。但是未来永远是停靠在下一个港湾，我们拼尽全力向它跑去，却总是得不到，就算得到了想要的未来，可是未来依旧还有未来，还有这各种各样的不确定性。所以，我们往往感受不到幸福，更多时候对于未来的不确定性，我们会觉得焦急、烦躁，甚至抑郁。

比如追寻答案，我们为了一个答案一直在寻找。但是答案是死的，而我们是活的，我们为了一个死的答案费尽心机，往往放弃了很多沿途的风景，放弃了我们本应珍惜的东西，往往那答案或许和我们心底的那个期待有出入，当答案和我们期待的相违背时，还有幸福吗？或许剩下的只有悔恨与懊恼了。

——这些都不是我们期望的那种幸福。

那么我们追寻的真正幸福究竟是什么？其实，我们追寻的是什么并不重要，真正重要的是我们在追寻路上拥有的幸福。

这一刻，我们拥有着什么最让自己觉得幸福？

似乎有一个答案正在慢慢浮现……

一个人在回家的路上遇到了一个流浪歌手，他问流浪歌手：

你还有泪，你的心还在，你还有感动，这就是最幸福的事情了。

"你这样行走天涯真的是自己想要的吗？"

流浪歌手回答："你以为我为何将自己置于这种境地？正因为这是我想要的，所以我无怨无悔，所以我享受这样的自由。"

这个人又问："那你在流浪的路上，有没有什么事情是让你最害怕的？"

流浪歌手略沉吟，然后说道："我最害怕两件事，第一件事是夜夜无梦，另一件事则是云淡风轻。"

这个人不解，便请流浪歌手解释一番。

流浪歌手说："夜夜无梦，说明我开始习惯安逸的生活，没有了紧张感，这样松弛的状态只会害了我自己，或许哪天我死在路上都不知道。云淡风轻，说明我看透了红尘，觉得什么都是可有可无，这样的话我就不会去争取，不会去追寻，我就会变成没有感情的'行尸走肉'，没有感情不懂得感动，这样的人活在世间，究竟有什么意义呢？"

这个人又问道："那什么事情是让你觉得最快乐的？"

流浪歌手忽然笑了："有梦可做，有泪可落。"

有梦可做，有泪可落。这或许就是追寻的人生路程中，最大的幸福了。不管到任何时候，只要拥有它，你就会觉得自己无比年轻，无比兴奋，所有的一切都有希望，而你还有勇气向前冲。

生命中最令人恐惧的不是生老病死，而是再也没有了梦。

就算你今年18岁，但是如果你没有梦，那么对明天就没有期待，你就会浑浑噩噩地过着一天又一天，不知道自己究竟应该做些什么。18岁的你，就像一具躯壳，除了还有大把时间能够吃饭睡觉上厕所，和即将迈入坟墓的人没有任何区别。

如果你已经80岁了，就算你已经面临过生命中的大部分抉择，似乎已经没有什么能够再让你提起兴趣，但是只要你还有梦，你内心深处的那个灵魂就是年轻的、有生机的。80岁的你，有着18岁的人难以超越的东西，你知道这世间最珍贵的是什么，就是永不放弃自己的梦，永不放弃探索与追求，永不放弃明天醒来后的挑战。

正因为有梦可做，所以我们才有能量向前走，才有机会一直体会着追寻的幸福。

生命中最值得庆幸的不是名誉财富，而是还拥有滚烫的泪水。

就算你拥有别人渴望的一切，你翻云覆雨，能够操控一切，甚至能够得到所有别人想的到或者想不到的东西。但是如果你没有了眼泪,你已经忘记了快乐与悲伤时可以哭泣,你已经习惯了把自己武装起来做一个"冷面机器人",那么,这样的你一定是不幸福的,因为你已经没有"心"了。

如果你只是一个普普通通的人,你每天做着千篇一律的工作,有一个同样不起眼的男朋友,你们吃不起星级大餐,路边的麻辣烫就能让你们觉得万分满足。当你们窝在沙发上看一部电影,你为电影中男女主角的遭遇放声大哭,而你的另一半也有些红了眼睛;当男友攒了几个月的工资为你的生日买了一样也许你并不需要的礼物,你看着他因为省吃俭用变得有些瘦削的脸,眼泪忽然涌了出来——你觉得自己是世界上最幸福的人了。你还有泪,你的心还在,你还会感动,这就是最幸福的事情了。

正因为有泪可落,所以我们才能感受到一路上的感动,我们才知道感恩,才明白如何变得更好。

庆幸吧,我们都是最幸福的人,因为在追寻的路上我们还有梦可以做,还有梦可以追;我们都是最幸福的人,因为我们还有泪可以落,还有值得我们流泪的事物存在。

这是最平淡的,也是最深刻的生命意义。

趁此身未老,做一个好梦,任泪水划过。

全世界都是我给你的爱 ♪

第三部分　爱的神性

第五章

致我最爱的爱心联盟

那个
嫁给爱心联盟的女人

致我最爱的爱心联盟

有很多人问过我一个问题:"香香老师,你觉得你的选择真的正确吗?"这个问题看起来有些无厘头,但是我知道他们想要问我什么。

我们公司涉足通讯、房产、投资等行业,在团队的努力下,整个公司蒸蒸日上。而我作为一个事业型女性,商场上雷厉风行。一点儿也不夸张,或许现在很多人不能理解当时的我的模样,因为现在大家见到的我,总是那个安安静静看书、听音乐、与人交谈的温婉女性,和当年那个"事业强人""女超人老板"完全是南辕北辙。

我慢慢将公司交给了团队,开始慢慢寻求另一种生活方式、工作方式,我开始修行、修心,我开始多年如一日为人们解开心头的困扰,为更多人服务。我不再是那个纵横商海的女强人,而成为了一个能够安静下来,做一些有关爱、有关信仰、有关公益的事情。

我的锋芒慢慢在与他人分享、学习的过程中收了起来，我的棱角也似乎慢慢磨平了。很多人看到了，似乎偶尔还是有些怀念那个女强人雷厉风行的模样，但是，我却是发自内心地喜欢这样的自己。

我开始不断地学习，看书、求学。我并非寻找一种解脱之道，我只是想能够有机会真正看清自己，然后有能力帮助别人看清他自己。**我知道能够拥有与追寻到自己失落的灵魂是一件多么美好的事情，所以我愿意尽自己的能力去帮助别人。**

爱心联盟，成了我生命中最重要的归宿，而帮助他人，亦成了我生命中最重要的课题。

于是，几乎每一期课程都留下了我的身影，每一次公益活动我都会积极参加，在某种程度上来说，我觉得自己似乎依旧是当年那个纵横商海的女强人，虽然这时的我不再那样"凌厉"，但是对工作、对信仰的热爱依旧。

我甚至比当初更忙了，经常全中国、满世界飞，有时候上午还在一个陌生的城市，下午就要出发去千里之外。我将这份支持与帮助看得比什么都要重，我将这份服务于所有人的奉献视若珍宝。天南海北，我并不觉得辛苦，因为爱的奉献从来都是幸福、快乐的。

于是朋友发自内心地对我说："香香，你应该写一本自传，叫《那个嫁给爱心联盟的女人》。"

我听了，有些忍俊不禁，这名字太可爱了，但的的确确是我现在的写照啊。我将自己的全部力量奉献给了爱心联盟，我想要通过爱心联盟帮助更多的人，我愿意付出自己的生命之火点燃他人的道路，我愿意为救他人于水火而奔走在全世界，我愿意……

但是，能做到这些的，不仅仅是我，还有一群内心同样充满着爱的人。

华人企业家爱心联盟是由一群相互了解、相互信任、相互支持、有爱心、有责任感、乐于奉献的人们自发组成的爱心组织。

这些人有着自己的企业，他们肩负着企业的使命，同时，为了爱心联盟的发展和社会的责任，义无反顾地奔赴在联盟需要的地方。这群人就是那几千名教导员，他们总是带着笑容而来，带着大爱而来，愿意抛开一切繁忙的事物，追随着大爱的脚步。多少个日夜，多少次疲惫不堪，多少次深入险境，只是为了响应心

我并非寻找一种解脱之道，我只是想能够有机会真正看清自己，然后有能力帮助别人看清他自己。

中那个对爱的呼唤。

就是这么一群人,他们的内心有着火一般的热爱,他们热爱自己的国家和民族,热爱自己的信仰,热爱生命的炽烈。他们致力于奉献和付出,愿意帮助更多的个人寻找到自己失落已久的初心,愿意用爱让支离破碎的家庭破镜重圆。

这些人的力量或许在这个世界上有些微不足道,但是他们愿意用一己之力,为建设和谐社会、提升民族素养、振兴民族经济贡献自己的力量。他们真的发自内心地认为,这种奉献和付出是服务大众、帮助大众的最佳途径,他们愿意把圣洁且伟大的爱传递给更多人。

这些富有爱心的企业家,他们不仅仅出资公益,更多时候亲临现场,愿意为那些深陷苦难的人们做一些自己力所能及的事情——这份用心,比什么都要宝贵。

我相信,这群人能够用爱温暖世界,用心感动世界,用行动影响世界,他们是中国优秀企业家的代表,他们一定会拥有更广阔的天地,一定能够让世界了解和认识真诚、富有爱心、慈善的中国人。

对我来说,这世界上最让我心潮澎湃充满自豪的事情,莫过于对着别人介绍自己时,响亮地说一句:"我是联盟人。"

我是联盟人,所以我愿做一条小船,将所有迷茫的人渡到心的彼岸;

我是联盟人,所以我愿奉献我的一生,致力于公益事业,致力于爱的传播;

我是联盟人,所以我愿与更多的人一起努力,完成对生命深层意义的终极探索;

我是联盟人,所以我愿将我的时间、自由、信仰交付于她,换来灵魂的拔节生长;

我是联盟人,所以我愿有生之年,看到这世间的每个人脸上洋溢着幸福、满足的笑脸!

把 门
打开，
请您进来

著名作家魏巍曾写过一篇名叫《谁是最可爱的人》的文章,我非常喜欢这篇文章的名字,也把这句话一直当做鞭策自己前进的动力。

谁是最可爱的人?在我眼中,一定是我们联盟人。不仅在我眼中,在很多人眼中,爱心联盟的家人们就像是天使,把温暖与爱,带到更多人的身边。

无论是在我们的同胞遭受到一次又一次天灾时的公益救援,还是携医疗团队远赴深山为白内障老人免费治疗白内障的光明之旅;还是公益性质免费为企业、个人组织活动帮助他们发现自我的"心灵之旅"课程;或者是改变无数孩子的"少年领袖训练营";抑或是帮助更多的人走出生命的荒野寻找真实自我的灵性课程。这一切的一切,每时每刻都在改变着人们,都在为人们送去希望。

我们拥有专业的教导员、导师。每一次活动，每一次课程，都有很多教导员自发前来带队伍，要知道，他们并非可以随时离开公司几日没有一点影响。我们的教导员、导师们，他们都是来自于全国各个行业的精英，他们中有的拥有非常大的上市集团，有的拥有市值几十亿的公司，有的在大企业担任要职，有的是老板，有的是董事长。这样一群在商界顶尖的人们，不为名利，不为金钱，仅仅是为了公益，仅仅是为了爱，天南海北地聚在一起，完成同一个梦想。

在爱心联盟，流传着这样一句话："**把门打开，请您进来。**"

我们用爱搭建了这世间最温暖的房子，每一个人都愿意打开这所珍贵的房子的大门，愿意邀请所有路过的人进来歇歇脚，告别疲惫的心，焕发新的生机，然后用最好的姿态走出门，迎接新的生活。

把门打开，请您进来，这不是一句空话，在这里，它变成了一件件落到地上的实事，也在每一个接触过爱心联盟的人的心里扎下了根。

从2007年爱心联盟建立开始，已经有四五万来自企业的员工和个人在这里找回了真正的自己,找回了初心。

当不孝的男人跪倒在年迈的母亲身边号啕大哭请求原谅,当濒临破裂的家庭在这里学会体谅与宽容变得和好如初,当不认真工作的员工在这里察觉到了领导的苦心与自己的不足,当任性傲慢的孩子在这里学会了体贴父母尊敬师长……对于联盟人来说,这就是最令人欣慰的事情了。

联盟人不仅帮助别人,还要时刻提升自己的学识与素养,在各个城市,一个又一个读书会成立。我们的读书会甚至已经发展到了海外,我们只有一个目的——不断地提升自我,然后更好地帮助别人。

但是很多人仅仅看到了爱心联盟的成功,很少有人知道,在这背后,每一位联盟人付出了多少努力与心血。

有一位教导员,为了带着"心灵之旅"的课程中自己的团队一起学习一起努力,把所有的事情都抛到了脑后,家里一个电话又一个电话催过来,他都没有接。后来,大家问他为什么不接电话,他才不好意思地告诉大伙儿:"今天是我父亲的七十大寿,家里人都希望我能回去给父亲过寿。"在场的人们一听,便连忙

劝他回家为父亲过寿,但是他摇摇头,坚定地说:"不管什么原因,我都不能离开,我既然接下了这个任务,那就要对团队中每一个家人负责,不能放弃他们!"

还有一次,我们的教导员们刚刚结束了心灵之旅的课程,紧接着第二天就是"百期心灵之旅庆典",他们身穿的教导员服装会在庆典上作为小品的道具出现。已经穿了三四天的衣服上沾满了汗水与泪水,为了确保所有的教导员在第二天能够穿着干净的衣服参加庆典,几位教导员决定帮所有教导员把衣服洗了。酒店房间里没有洗衣机,所以他们只能在浴缸里用肥皂洗着一件件庄严的教导员服装。深夜三点多,我循声走过去,发现大家都在忙着洗衣服,洗完后因为时间已经很晚了,按照现在的进程衣服肯定是没有办法干的,于是几个教导员一商量,大家用吹风机对着衣服使劲儿吹。最终,在他们彻夜努力下,教导员们在"百期心灵之旅庆典"开始前都穿上了干净的服装。

还有一件事让我觉得特别感动,有一次在课程中,我无意间看到了一位教导员的手机,上面正显示着他妈妈在医院里的照片,照片上的妈妈看起来非常憔悴,穿着病服打着点滴。我有些不安,便问这位教导员。原来,就在他来到这边的前一天,他的妈妈在福建病了,住了院。他本应该留在病床前照顾的,但是他知道自己的心在哪里，知道自己接下来要做什么，他安排好人照顾妈妈，便离开了，坐飞机来到这边的课堂上。他对我说，他当时是含泪离开妈妈的病床的，但是妈妈也理解他，妈妈知道他心系学员。他说等课程结束了，他一定第一时间飞回家，在妈妈的病床前悉心照顾她。

……

这就是我们的教导员，他们代表着爱心联盟，代表着大爱与无私。在我心里，他们是这世界上最可爱的人。为了公益，他们会放下事业，放下工作，放下家人，聚集在这里，因为他们知道，有更多的人在等着他们的帮助，所以他们来了。

这群最可爱的人，不论在何时，都有着最高尚的灵魂。他们懂得爱，更懂得奉献；他们深知只要把光传递出去，这世界才没有黑暗。

这一刻，或许我们的教导员们，正打开爱的心房，对着需要帮助的人们献出自己的一份力量。

把门打开，请您进来，这不仅仅是一句承诺，更代表着我们联盟人的行动！

谁正付出，谁将收获

在我们的课堂上，经常会收获很多很多的感谢，有人感谢我们让他们夫妻关系变得和睦，有人感谢我们让他们懂得了感恩父母，有人感谢我们创造了一个学习与自省的氛围，有人感谢我们改变了他的人生观……这种种的感谢都是实实在在的、沉甸甸的，都是我们最宝贵的财富。

很多参加课程的人们，感受到了导师、教导员的用心，感受到了我们传播的大爱，在课程结束时，总是泪流满面，舍不得与我们、与团队中的家人们分开。

这种改变的力量是非常强大的，它能够让消沉的人变得积极，能够让冷漠的人变得温暖，能够让向恶的人变得善良，能够让质朴的人变得更活跃。

课堂上，我们经常会有一些学员的分享，无论我们的课程开展到了多少期，学员们给予我们的感动，至今让我难以忘怀。

在某一期"心灵之旅"的课堂上,有一位年迈的学员,他今年已经84岁了。这位84岁的老人精神矍铄地走上前,握着话筒,对着现场近300人的学员们分享自己的心历路程。

老人说:"能够来到'心灵之旅',能够认识到这么多可爱的人,是我最大的幸福,我感谢学校,感谢全世界,感谢我的妈妈一直支持我,感谢我的老伴一直支持我。我们家有三口人,我妈妈,还有我和老伴,三个人都是老人家,我们家三口人的年龄加起来已经200多岁了。今天能够站在这里,是我的福气。我修了多少年才有这样的福气,我是真的感谢爱心联盟,因为你们让我感受到了爱与温暖,感受到了幸福……"最后,他又有些怅然地说,"假如我能早三十年听到咱们的课程,或许我的人生会更不一样。"

是啊,其实相比起这位年迈的老人,我们的学员们是多么幸运啊,因为在他们二十几岁三十几岁时,就能接触到这样的成长经验,这种机会是多么难得,这样的福气更是值得每个人珍惜。

很多人感谢我们的付出,让他们有所收获。但是,他们不懂,我们付出,同样我们也在收获。我们付出了爱,付出了努力,付出了指引,但是同样我们也得到了。我们得到了修正自己

我们在为这个社会出一份力的同时,我们也在被感动,被帮助,被爱。

的机会，得到了修行的机会，得到了抓住初心的机会，得到了传播大爱的机会，我们在为这个社会出一份力的同时，我们也在被感动，被帮助，被爱。

一个人走在夜晚漆黑的路上，因为路上太黑，这个人被来往的行人撞了好几下，这个人继续往前走，这时看到一个人提着灯笼向他走来。这时旁边有人说："这个瞎子真奇怪，眼睛看不见，却每天晚上都打着灯笼。"

这个人听了十分惊奇，等到打灯笼的人走近了，他连忙迎上去问："请问你真的是盲人吗？"

那人点点头说："是的，我从生下来就没见过一丝光亮，对我来说白天和黑夜是一样的，我甚至不知道灯光是什么样的。"

这个人疑惑地问："既然这样那你为什么还要打灯笼呢？是为了迷惑别人，让别人以为你是正常人吗？"

盲人摇摇头说："不，我听说每到晚上人们都变得和我一样，因为夜晚这条路上没有灯光，所以我就打着灯笼出门。"

这个人一听，感慨道："你的心地真善良，因为你这么做是为了方便别人啊！"

盲人却回答道："不，我是为了自己。"

这个人一愣,问:"为什么这样讲呢?"

盲人反问他:"你刚才一路走来有没有被其他人撞到过?"

这人连忙说道:"有啊,刚才我就被好几个人撞到了呢。"

盲人点点头,说道:"我是盲人,什么也看不见,但我从来没有被人撞到过,因为我的灯笼不仅为别人照亮,也让别人看到了我,这样他们自然而然不会撞到我身上。"

这个人恍然大悟。

要知道,**点燃蜡烛照亮他人的人,亦会驱散自己身边的黑暗,经常做利人之事,其实也是在利己。**

爱心联盟就是这样,我们播种爱,致力于帮助人们走出心灵的困境。我们播种爱,这大爱也福泽我们心底;我们帮助他人解开心灵的束缚,其实也是在帮助自己规避这心灵的沼泽。

所有的力量都是相通的,我们不求回报,但回报自然而然地来了,虽然无关名誉无关金钱,但是这回报比无数美誉、用之不尽的金钱更可贵——**当我们发自内心地爱着别人,我们也在被更多的人发自内心地深爱。**

谁正付出?联盟人正在为爱付出;

谁在收获?除了无数的学员们,收获爱的,还有我们自己。

生 命
需要更多的
正能量

我们身处的这个社会似乎像是龙潭虎穴,时时刻刻有着危险。

网络越来越发达,信息传播速度越来越快,紧接着就会发现,我们很容易被一大堆负面消息淹没。身边有人不禁抱怨:"每次打开手机看一看新闻,就会觉得世界如此险恶,生活越过越糟,人生一片黑暗……"

的确,当传媒无孔不入渗透到我们生活的角角落落时,或许本意是方便人们的生活,告诉人们身边正在发生的事情,可是不知何时,媒体开始铺天盖地挖掘那些恐怖、黑暗的事情,开始大肆宣传那些充满负能量的事情——他们这样做,或许仅仅是为了博得点击率或者购买力。

在这样潜移默化的影响下,我们打开手机,翻开报纸,就是一条条让人揪心的消息,字里行间看到的都是对社会的控诉与不满,于是我们的心也变得阴沉起来,我们觉得外面的世界太险恶了,我们觉得生活在这个世界上实在是太危险了,我们不信任自己,不信任他人,不信任社会,不信任国家。怀疑论充斥着世间的角角落落,我们质疑一切,甚至质疑自己。

这是多么悲哀的事情啊!从什么时候开始,我们看到的只是一片灰暗,而忽略了那点点光芒呢?

幸而越来越多的人意识到这一点,人们开始抵制污水一般的负面新闻,开始发自内心地呼唤着更多正能量。

我们的世界,太需要发现正能量了,而我们的生命,也需要更多正能量的滋养,这样我们才不会走弯路,才会坚定自己的目标,奋力向前。

我们需要更多的正能量,我们需要知道自己正在被很多人爱着,也要懂得怎样去爱别人;我们需要知道什么是好的、能够给他人带来积极能量的,也需要知道如何拒绝那些消极的、负能量的东西;我们需要知道怎样和别人分享快乐与幸福,也要知道如何悲伤他人的悲伤,帮助他人解开心里的枷锁。

我们需要正能量,因为这样我们的世界才有光。

我非常热爱爱心联盟,因为它就是一个传播正能量的公益组织，它让我们心中澎湃的爱与能量有了出口，让我们能够真心实意地感受到奉献的生命带来的那种源自灵魂的快乐与满足。

我们有爱，为何不将它传递出去？我们有正能量，为何不去影响更多的人？

对我来说，爱心联盟就像是一颗种子，在所有家人爱的浇灌下，它一天一天成长，一天比一天坚韧。风吹不倒它，暴雨不会折弯它的脊梁，它就那样屹立挺拔，成长为一棵参天大树。它开出了花，花香飘过千万里，人人都能闻到；它结出了果实，果实被送到需要的人手中，帮助人们果腹，抵挡饥饿。

正能量究竟代表着什么？

一位老人在院子里种下了一棵菊花，到了第三年的秋天，院子变成了一个小小的菊花园，香味浓郁极了。

路过的人们都忍不住称赞："好美的花儿啊。"终于，有人忍不住开口向老人要一棵菊花，他想将菊花种在自己家的院子里。老人爽快地答应了，他挑了几棵开得最鲜艳、枝叶最繁茂的菊花送给了那人。这消息很快就传开了，前来老人这里要花的人络绎不绝，老人没有拒绝任何一个人，非常爽快地给了他们一棵棵开得非常好的菊花。于是没过多久，院子里的菊花就被送得一

为了生活我们已经拼尽了全力,难道还要被负能量遮住头顶的希望、一直这样沉重地向前走吗?

干二净了。

没有了菊花，老人的院子看起来是那样的寂寞。老人的孩子回来了，看到这满园的凄凉，有些惋惜地说道："真可惜啊，这里原本应该是一片花园，飘散着最香的味道呢，现在光秃秃的，什么也没有。"

老人却笑了，他对孩子说："这样岂不是更好？因为三年后，我们会闻到一村子的花香啊！"

其实，这就是正能量，将自己拥有的美好毫无顾忌地奉献给他人，奉献给那些需要的人。正能量就像是那花香，当这菊花被送往更多人的家里，送往世界的角角落落，那么过不了过久，整个世界都会充满着芳香扑鼻的花香啊。**毫无保留地帮助那些需要帮助的人，在别人最困难的时候伸出援手，这不仅是一种高贵的品格，更是在帮助自己。因为当你为别人提供了一个充满爱充满温暖的世界的同时，你的内心也会同样富足与幸福。**

其实正能量并非是"大而不实"的事情，也并非需要金钱、时间才能换来，每个人都有传播正能量的能力，但是很多人却不知道。

仔细想一想，我们是否经常把负面情绪带给身边的人？向朋友抱怨自己的工作，向家人发脾气，不信任、怀疑别人的好意，不管见到谁都冷眼冷脸……这些看似日常中的小事，却让越来越多的人对我们敬而远之。当然啊，谁都不愿意做一个处理负面情绪的垃圾桶，别人也没有义务来接收我们的负面情绪，长此以往，身边的朋友自然是越来越少了。

或许你想说自己只是发泄情绪。发泄情绪当然可以，但是发泄情绪的方式有千百种，为什么一定要选择让别人最不舒服的一种呢？我们可以通过运动来发泄情绪，可以通过旅行来平复心情，可以选择去KTV嘶吼唱歌，也可以选择去郊外呼吸新鲜空气……这么多可以发泄情绪的方法，这么多处理负能量的方法，难道不值得我们学习吗？

前一段时间网络上非常流行一句话："人生已经如此艰难，有些事情就不必揭穿。"的确，为了生活我们已经拼尽了全力，难道还要被负能量遮住头顶的希望、一直这样沉重地向前走吗？

不，当然不！所以生命需要更多的正能量，它会给我们带来强大的能量，为我们带来希望，给我们勇气。而你也可以成为正能量的传播者，给别人带去光芒。

全世界都是我给你的爱 ♪

第六章
路上最亮的那盏灯

只要
人人都献出
一点　光

路上最亮的那盏灯

最近几年,我最热心的大概就是公益事业了。我们联盟人走进深山,为贫苦的家庭带去御寒的大衣,为失明的老人带去重见光明的希望,为监狱里的孩子们带去温暖,为孤儿院的孩子带去母亲般的爱……

说真的,公益其实是一件非常辛苦的事情。这种辛苦并不是因为出入深山走崎岖的路或者休息不好带来的那种来自身体疲惫的辛苦,而是当我们看到那一张张渴望爱的脸,了解到这世间还有那么多人还生活在贫穷与痛苦中,会觉得心里非常苦涩,苦涩到泪水横流;又非常心疼,心疼自己的手足同胞们正在遭受这么多的苦难。那种心酸,那种因为所见而感到茫然、痛苦、困惑的心,会让我们觉得真的很辛苦。

但是,即使是这样,我们仍在坚持,因为公益事业对我们来说,就是一种使命,它无时无刻不在提醒着我们还有很多人正在苦难里挣扎，还有那么多人正在遭遇贫穷……

我们无法让自己做到无动于衷，我们的心还在跳跃，我们的灵魂还未死去，我们就要奉献出自己的力量，来帮助更多的人。

这种使命感其实每个人都有，但是因为生活环境的不同、经历的不同，结果也就不同。也许大部分人没有多余的钱、没有多余的时间来加入公益的队伍，但其实我想说，公益并不是单单由金钱与时间支撑的，或许只是随手做的一件小事，也是公益。比如，随手关掉一直在滴水的水龙头就是一次公益，因为你懂得节水；将垃圾分类装好放入垃圾桶也是一次公益，因为你懂得资源回收利用；把不穿的旧衣服捐给需要的人，这也是一次公益，因为你懂得遥远的地方很多人或许非常需要这些衣服度过严冬……

不要把公益想得那样高高在上，其实公益是随时随地都可以进行的——**当你意识到你的行为会为别人带来方便时，这本身就是一种公益。**

因为公益的本质就是助人所需，就是爱。

如果世界有爱，那么就不会有战争，因为战争伴随的是伤害，是死亡，是使国民经济倒退几十年甚至百年，是一颗颗难以修复、布满恐惧与绝望的心。

如果国家有爱，那么就不会有贫穷，**因为贫穷会出现等级，等级会衍生特权，特权会滋养傲慢，傲慢会藐视公正，没有公正，这世间就会产生永无止境的罪恶。**

如果一个人有爱，那么他就不会孤独，因为他能够发自内心爱别人，也就能够接收到来自四面八方的爱，一个能够奉献爱、感受爱的人，怎么可能会孤独呢？

这世间最幸运的，也许是身边的人都有着满满的爱，最不幸的，不是憎恶与仇恨，而是我们的身边充斥着冷漠。

有人做了一个实验，他将一个高压锅里煮出来的米饭分成了三碗，然后在这三碗米饭上贴上了保鲜膜，最后他在这三个碗上分别贴了一张纸条。

第一个碗上的纸条上写着："你好可爱，我好喜欢你啊，你的味道好香甜啊。"第二个碗上的纸条上写着："我讨厌你，我好恨你，你是一个混蛋。"第三个碗上的纸条上什么字也没有。

接下来的三天，这个人每天都要称赞第一碗米饭，不断地夸奖它，向它表达自己对它的爱，对它的喜欢，三天后，这一碗米饭依旧是水晶般的白色，依旧有着米饭的香味；他每天都要臭

骂第二碗米饭,他不断对第二碗米饭说着自己对它的不满,三天后,这碗总是被骂的米饭就开始有点变味了;他依旧对第三碗米饭不理不睬,于是三天后,一直置之不理的第三碗米饭就有点发臭了。

又过了十天,三碗米饭完全不一样了。第一碗米饭甚至开始有种酒粮香味,第二碗米饭开始发了霉,散发着一丝丝臭味,而第三碗米饭变得奇臭无比,让人无法靠近。

这其实就是人与人之间的三种关系。

当我们全心全意地爱着别人,那么感受到爱的人就会觉得温暖,他知道自己是被人真心地爱着,所以他会全心全意地把最好的爱反馈给你。

当我们憎恨一个人的时候,不断指责、谩骂,虽然我们会让彼此的关系变得僵持难以和好,但是就算我们的关系变质,依然是饱含着一些在意的感情在里面——因为如果不在意,我们就不会生气,不会生气,怎么可能会有指责呢?

但是最要命的是第三种关系——无视与冷漠。冷漠是世间最有杀伤力的武器,它能遮住所有光芒,只留下一片黑暗,能让一个人对世界绝望。

公益,其实就是驱散冷漠、驱散黑暗,改变敌对与仇视的态度,将爱的温暖传递到每个人的心里。

所以我一直认为,**公益事业有着改变世界的力量。**

这么多年过去了,我帮助过很多人,也得到过很多人的帮助,我发自内心奉献自己的一切,也觉得自己的内心在一点一点充实起来,这种同步的改变,让我觉得很幸福,因为当我把自己的温暖奉献给需要的人,我亦不会觉得寒冷。

某一天,我做了一个梦,梦里的自己行走在漆黑的小道上,手里提着一盏只能够照亮方寸间的灯笼。我提着灯笼向前走,一路上我遇到了很多人,他们中的很多人都提着灯笼,但是灯笼里的蜡烛被风吹灭了。于是我一次次将我的灯笼中的火借给他们点燃自己的灯笼,当灯笼再次被点燃,每个人的脸上都洋溢着快乐与感激。我一直向前走,无意间回过头,发现身后原本漆黑一片的小道居然灯火通明。我惊呆了,因为那些照亮小路的灯笼,正是来自我曾帮助过的那些人。

我帮助他们点燃了自己的灯笼,而他们也用自己手中的光,为我照亮了人生之路。

我知道,我手中的灯笼,它的名字叫公益,而它奉献出的光,是这世间最伟大的爱。

爱很微小，
却有力量

跟着联盟的脚步,我参加了很多次公益慈善活动,也去了很多地方。说一句真心话,公益路上最常伴随着的是滂沱的泪雨,还有灵魂深处的触动。

不管过了多久,这一路上遇见的很多人和事现在想起来依旧那么震撼。现在,就让我讲几件公益路上触动我心灵的事吧。

记忆里特别深刻的一次是去少管所给那里的青少年们讲课。我从来没有在监狱里给人上过课,也从来没有在这么多剃着光头、穿着一样布衣鞋子的孩子们面前上过课。这些孩子们大约14到18岁之间,都曾经误入歧途,甚至有的人身上有几条命案。

本来上台前,我准备了很多很多话,还有些比较客套的场面话。可是当我真正站在讲台上,看着台下几百个孩子,看着他们的眼睛,我觉得准备好的那些场面话一句也说不出来了。

那些孩子们的眼中，混合着恐惧、自卑、绝望，可是隐隐约约似乎有一丝期待，就像是有无数的话包含在那目光中，却一句也说不出来。我知道，这一切是因为他们中很多人被父母抛弃了，甚至有的孩子在几个月大时就被妈妈抛弃了。

"我的孩子们，我们来了。"这是我说的第一句话，很温和，也很炽热。仅仅是这一声呼唤，很多孩子哇的大哭起来。

我的眼睛有些湿润了，我强忍着眼泪，对他们说："也许今天爸爸妈妈没有来到这里，或者根本不知道爸爸在哪里，也没有见过妈妈的脸，但是此刻，我的孩子们，请允许我们代表爸爸妈妈拥抱你们，我们来了，你们并不孤单……"

我们和孩子们一一拥抱，很多孩子抱着我们放声大哭，他们哭着说："我从来没见过我妈妈，我恨我妈妈！""我恨我爸爸！""我恨……"他们尽情地发泄着自己的怨恨。在场的很多志愿者都哭了，他们只是孩子啊！

我问他们："你们想过出去以后做什么吗？"

"没想过，别人也瞧不起我们！"这是他们的回答，明明只是十几岁的孩子，却已经对未来失去了希望。

后来我们走的时候，那些孩子一直趴在高墙上和我们挥手道别。直到今天，有时闭上眼，我依旧能看到那些孩子们的眼泪与告别时的依依不舍。我不得不一次又一次反思:"究竟是谁造成了孩子的悲剧?"很显然,是无知的父母。**如果无知的父母少一些,多一些正能量的教育,那么孩子断然不会走上歪路。**这些孩子很多都是孤儿,没有人教养,没有人告诉他们什么是对、什么是错,所以一不留神,他们就犯下了难以弥补的错误。

说到孤儿,有一次我们去了孤儿院,那里有很多很多的孩子,都非常小,有的一个多月大,有的才出生十几天,有的甚至出生三天就被抛弃了。三天的孩子,多么脆弱啊,他就像一只小猫一样瘦弱,躺在那里。

这里的孩子大多是早产儿,其中很多都是脑部有些先天的问题,但是有些孩子还是健全的。他们都是被不负责任的父母生下来丢在路边,然后被人捡到送来这里。

看到这些,真的让我们的心像堵住了一般难受,想要大哭一场发泄自己的悲愤。孩子是无辜的,为什么要遭受这么多的苦难呢?!真正应该受到惩罚的,是那些不负责任的父母啊!

那时的我们真的觉得自己特别弱小,根本不知道要如何帮助这些孩子们,只能帮孩子们的房间安装了空调,买了很多被褥和一些日用品送给他们。这些可能实在是微不足道,但是,只要能给孩子们带来一点点温暖，那么就足够了。

　　还有一次我们去敬老院看望老人，一个老人家给我留下了深刻的印象。那个老人六七十岁的样子，只是因为院长随口说了一句"送你回家"，她忽然非常恐惧地大喊："妈妈，你不要送我回去！"这位老人的神智有些不太清楚，她把敬老院的院长当成了自己的妈妈，然后大声说要把自己的钱全部给院长。

　　我记得非常清楚，那个白发苍苍的老人像个小孩子一样站在那里，哭着大声喊着："我不要回家，家里那些人会骂我的！我儿媳妇会打我的！"院长连忙像哄孩子一样哄着老人："好了好了，不送你回家，不送你回家，你要乖乖的哦。"于是那个老人一直点头，说："我乖，我乖……"

　　这一幕我一生都难以忘怀，生我们养我们的父母啊，他们辛辛苦苦将我们拉扯长大，看我们成家立业，他们把生命中最好的年华都给了我们，可是为什么当他们老去，却要遭受如此非人的对待呢？！

　　嫌弃老人、殴打老人、抛弃老人，这些事情，是一个真正的"人"能做出的事情吗？父母生养你，不求你知恩反哺，只希望你一生平安，你却这样对待他们！狠心的人啊，你的心呢？你还

因为每个人心中都有大爱,这世界的每个角落,都是春暖花开。

有心吗？！

像这样的人，根本不配为人，根本不配做儿女！

人，你要对得住你顶天立地的名字，你要对得住坦坦荡荡的胸怀，你要对得住天、对得住地，你要对得住自己的良知，更要对得起那些用生命爱你的人！

但公益路上，不仅仅会遇见悲惨的遭遇，有时也会遇到真正的感动。

有一次，我们去农民工子弟小学看望孩子们，那是一个非常非常简陋的小房子，一群孩子们在里面上课，这就是他们的学校了。窗户关不上，寒冬的风灌进来，连我们这些穿着厚外套的人都觉得冷，更何况是那些穿着单薄的孩子呢。我们把孩子们的手放在自己的手心里，那一双双冰凉彻骨的小手，让我一阵心酸。但是，让我们感动的是，一个女大学生长期在这里义务做他们的老师。看着那个笑容淳朴的女孩，我能够体会到，她放弃了大城市的生活，来到这偏远贫穷的地方做老师，需要有多么大的勇气啊！我们被这个女孩的大爱感动了。

这些孩子们是不幸的，他们没有明亮的教室，没有可以御寒的衣服，但是他们有一个真正为他们着想的老师，有一个愿意给

全世界都是我给你的**爱**

予他们爱与温暖的人——这比什么都重要!

还有一次我们走访了十几户贫困家庭,那样的家庭环境可能是很多人想都无法想象的。一家六七口人住在一间十几平方米的破房子里,甚至有的人没有房子,一家人住在"猫儿洞"。但是他们的脸上洋溢着笑容,一家人和和睦睦,非常幸福。我们带来的金钱和物资其实并不能从根本上改变他们的生活,但是我相信,他们也不需要我们来帮他们改变,因为他们懂得知足常乐,他们能够感受到真正的幸福,他们的内心是强大的。我真的相信,**内心强大的人能够改变命运,**所以他们的明天一定非常美好!

还有很多很多故事,还有很多很多经历,公益路上,一直伴随着心痛与泪水,也伴随着感恩与幸福。

再多的话语也无法表达我的心情,只是想传达给更多的人,**只要我们心中真的有爱,那么就能避免很多悲剧发生。也许这爱很微小,但是,它可以改变他人的命运。**

我只愿这世界终有一天不再需要公益慈善,因为每个人心中都有大爱,这世界的每个角落,都是春暖花开。

走向光明
的路，我们
用爱　书写

差不多每一年,爱心联盟都要组织"光明行"的公益活动。

"光明行"前往的地方也许这世上的大多数人一辈子都不会到达。因为那些地方无一不是在深山里,几乎是与世隔绝。那里的交通非常不方便,从一个村到最近的一个村,可能要翻山越岭,走很久很久才能到达。

交通闭塞、信息闭塞,医疗条件也就更加恶劣了。

在那些地方,白内障是困扰大多数老人的难题,因为环境的影响,还有生活习惯的影响,很多老人都会患上白内障。白内障意味着什么?看东西模糊,甚至失明。有的人也许只有一只眼睛患病,于是多年来只能用一只眼睛看世界;有的人双眼视力模糊,什么也看不清;还有的人完全失明,什么也看不到。

重见光明,可能在我们这些正常人的眼中算不上什么大事,可是在那些贫困的山区，对于那些看不见的老人来说，这就是生命中最大的期盼了。

如果将我们的眼睛蒙住，让我们体验一天盲人的生活，或许我们连一小时都坚持不下来，因为一片黑暗，我们什么也做不了，最主要的是，我们会恐惧黑暗，因为看不到，我们不知道自己将要面临的是什么，对未知外界的惊疑与恐惧，很快就能将我们打倒。

想象一下，我们连一小时都坚持不了的尝试，而有的人已经在黑暗中摸索了几年甚至几十年，他们难道不害怕吗？他们难道不恐惧吗？不，他们更害怕更恐惧，所以他们更期待能重见光明。

幸运的是白内障手术见效很快，第一天做了手术，包扎好后，第二天拆下纱布就能完全看见了。

在"光明行"的团队中，除了主治医生和护士们，其他人都是志愿者。我们要安排前来治疗眼睛的老人们排队，要帮他们倒水，陪他们聊天，宽慰他们。要维持现场的秩序与纪律，告诉他们在哪里排队，带着他们去检查，送他们离开。

有时候一天下来，志愿者们连一口水都喝不上——因为来做手术的人实在是太多了，医生和护士们更辛苦，一整天站在手术台上做手术，根本下不来，更别提吃饭喝水了，连上厕所都没有时间啊。几天下来，每个人都瘦了很多，但是大家的脸上都挂着笑容，没有一个人喊苦喊累，因为大家都觉得，自己做的一切都是值得的！

每个人的心里只有一个目标：再多做一例手术，再多帮助一位老人重见光明！

因为我们手术借用的医院一般都是相对周边来说医疗环境好一些的，因为这样手术质量就能有保证。但也因此，很多老人要从山的那一边来到这里做手术，有的人甚至要倒几天的车才能来到我们的驻地医院。每位看病的老人都要带着自己的身份证，这样方便我们记录。

有一次一个老人来到医院，拉着我们的手告诉我们他是从很远的地方赶来的，本来他的儿子和儿媳妇不让他来，因为坐车要花钱。于是这位老人一分钱没有带，徒步走到了医院。

你能想象吗？一位视力非常糟糕的老人，翻山越岭来到这里，他一个人走了很多天，风餐露宿，才找到这里。

然后我们带着他去排队，告诉他要拿身份证做登记。没想到他本来布满笑容的脸忽然僵住了，原来他急忙出门，忘记带身份

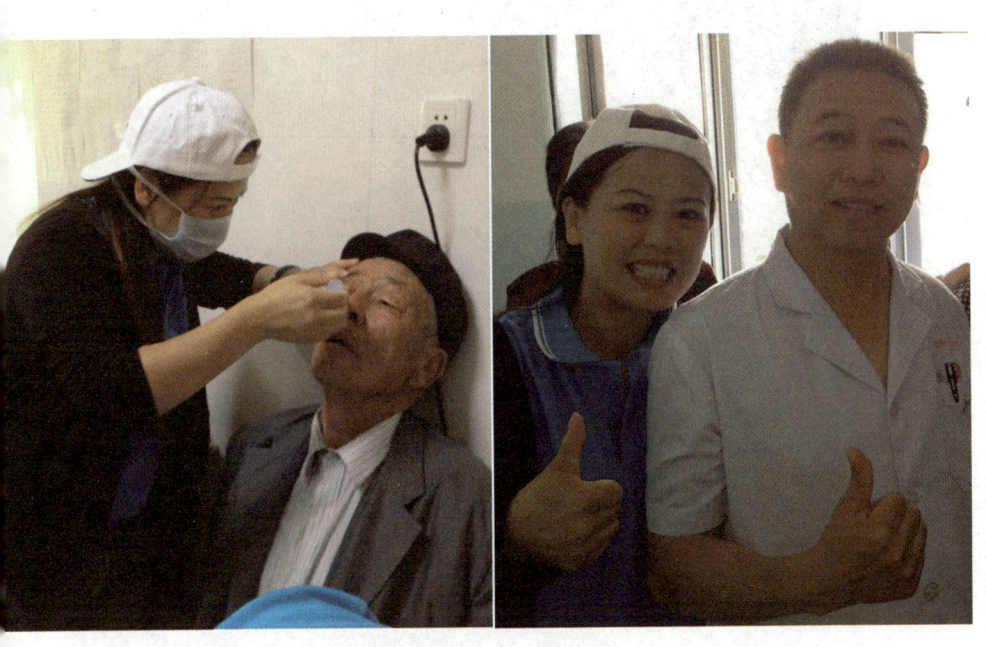

我们的国家好，我们的政府好，我们的人民好，我们才有机会帮助这么多人重见光明啊！

证了。他蹲在那里，一个人大哭起来。泪水布满了他满是皱纹的脸，是那么心酸。我们连忙找医生说明，破例让他没有身份证也可以做手术。

手术成功后，我们还凑了很多钱给这位老人，他非常感动，一直拉着我们的手说着感谢的话。最后，因为知道他的家离这里太远了，我们就给他带了很多吃的，然后找车将他送回家。

老人临走时一直回头看我们，向我们挥手告别，直到车消失在远方。

还有一个老人家，他因为白内障失明很多年了。手术后，当他眼上的纱布拆掉后，他的眼睛能看到了，老人泪流满面，像一个孩子一样拉着医生和我们的手跳着说："共产党好！社会主义好！"看到老人那欣喜若狂的模样，在场的每一个人都被他的又哭又笑的情绪感染了。

是啊，我们的国家好，我们的政府好，我们的人民好，我们才有机会帮助这么多人重见光明啊！

"光明行"的路上，这样的故事数不胜数，这样的感动数不胜数，这样的感谢更是数不胜数。每一次回想起来都会泪眼蒙眬。

我时常会问自己："'光明行'的意义究竟是什么？它的本质是什么？它为我们带来了什么？""光明行"为无数穷苦的人带来了福音，它让黑暗中的人们重获光明。**我们不远万里来到一个又一个偏远的地方，驱动力不仅仅是那些人们对光明的渴望，还有我们想要传达的爱与希望。**

光明，不仅仅是我们为他们带来的东西，更是这一路上天给予我们的宝贵财富。

光明之路，不仅仅重现于他们眼中，更出现在我们的灵魂中。

这就是公益，这就是爱，这就是那盏最重要的灯。凭己之力，为人所需。

而我也深刻地知道，这一切才刚刚开始，公益的路才刚刚开始，从今天开始，我们有更多的梦想要完成，有更多的爱要传播，因为有更多的人在等着我们！

当我们参与的公益活动越来越多，当我们帮助的人越来越多，我们能够深深地感受到自己身上的那种变化，那是一种来自灵魂深处的改变，就像自己所走的每一步都有深刻的意义，自己所走的每一条路都是光明之路。

这通往光明的路，是我们用大爱谱写的生命赞歌！

愿你我
与这温暖
世界相拥

天堂对你来说是什么样子？

是没有争吵，没有伤痛，没有烦恼，一切归于纯净？还是和深爱的人一起在伊甸园过着无忧无虑的生活？抑或是人人相亲相爱，另一个美满的世界？

每个人心里都有一个天堂，那是一个安放灵魂的好去处——**我们太希望有一个圆满的地方能够安放一颗不安的心。**

其实这个问题有人曾问过我，或许在那人心中，修行者的天堂一定是非常美好非常圆满的地方。但是，我的回答是："我的家就是我的天堂。"

我有一个幸福的家，每一次回家的路上，我的内心都在雀跃，仅仅是想到要回家这一点，就足以让我的心情愉悦好久。推开门，这是世间最温暖的地方。我深爱这里，我愿意将自己的灵魂安放在这里，因为这就是我的天堂。

坐在阳台的白色秋千上，我觉得就像是在云端飞翔；安静地办公看书，我觉得就像是在伊甸园探险；独自沉思打坐，我觉得就像是在聆听宇宙万物的教诲……拥有这样的天堂，这就是我生命中最温暖的归宿，为什么还要奢求远方呢？

天堂，其实就在我们身边。

可是，太多的人看不到天堂。因为在那个家里，似乎已经没有了爱。

我们太容易与人发生争执，我们太容易否定他人，而这争执与否定的对象，往往是我们朝夕相处的家人，往往是我们曾经日思夜想的爱人。

"妈妈又在唠叨了，我好讨厌她的唠叨，简直要烦死了！"

"我这是为了你好！你怎么就不能理解我呢？我辛辛苦苦把你养这么大，我图的是什么？"

"他为什么又去应酬了？为什么又去喝酒了？他明明知道我一个人在家，却不早点回来，他一定是不爱我了！"

"我每天工作这么累，晚上回到家她居然连一口热饭热菜都没有给我准备！娶这样的老婆究竟有什么用？！"

……

因为这些林林总总的问题,我们开始了争执,开始了怨怼。

争执为什么会产生?必然是因为分歧。分歧的原因是什么?是因为自己与对方对待问题、处理问题的方式不同。这种差异其实很容易理解,因为每个人成长的环境不同,受教育的程度不同,思考方式的不同,所以在对待问题上有不同的意见,这其实很容易理解。可为什么我们明明能够理解,却依旧不能退让呢?

正因为是最亲的人,我们往往认为对方的付出是理所应当的,往往认为对方替自己着想是应该的。这种"理所应当",让我们不愿意示弱,一定要把对方变成自己心目中的模样。

强加的固执,让我们不幸福,更让对方感觉不到幸福。

古语有言:一屋不扫,何以扫天下?是啊,如果我们在最亲密的家里都感受不到爱,那么何谈把爱传播出去呢?何谈公益慈善事业呢?何谈帮助千千万万个家庭寻找爱呢?

我们说公益,而在我看来,**公益的基础,便是家庭的幸福**。

因为家庭是每个人的根基,如果一个人的根基都没有爱,那么不论他做出多少努力,都不会用爱感染他人。理由很简单,无法接收到最纯粹的爱的人,如何把真正的爱播撒在世间呢?就算

愿你能感受到，全世界都是我给你的爱。

是有爱，那爱也是没有根的，就像是飘浮在空中的云，风一吹就散了。

家就是每一个人的根，我们身上的所有品质都是来自于这里，我们的能量源就在这里，我们觉得家束缚了自己，或者让自己痛苦，其实，束缚我们的不是家，而是我们自己。

我们不愿意理解，不愿意退让，不愿意坐下来好好谈谈，我们总是把自己关在那个小小的房子里，等着对方的退让与示弱。这种强硬的态度，就像一根刺，梗在这个家中每个人的心里。

为什么，为什么我们能够轻而易举地对陌生人说一声"谢谢"，却不能对我们的父母说一句感恩呢？为什么我们能够低下头对别人说一句"对不起"承认自己的错误，却不能对我们的爱人说一声抱歉呢？为什么我们总是把看似美好的一面展现给外人，而把最糟糕的一面留给家人呢？

这难道不是有些荒诞吗？！

有四句话可以化解这世间的一切争执与抵触，它们分别是"对不起""请原谅""谢谢你""我爱你"。这四句话能够换来最纯净的爱，能够让一切心结得到解放，能够把自己的爱传达给最亲的人，我们的亲人也会用最美好的爱来回馈我们。其实我们本来就是相爱的，只是这一路走了太久，我们忘记了。

我曾在书中看过这样一句话："**世间有三件事长存不朽：信念、希望和爱，而最伟大的就是爱。**"

我无比赞同这句话，爱是最伟大的，因为有了爱就等于有了一切。

爱能够衍生公益，爱是放射状的，它可以传播到这世界上的每一个角落，并且影响无数的人。

爱能够带来温暖，爱是炽热的，它可以穿破严寒，让每一颗冰冷的心重新拥有鲜活跳跃的温度！

爱是我的信仰，也是我毕生的追求，因为我渴求温暖，我更希望自己能温暖他人。

我渴望无论走到哪里，看到人们的脸上洋溢着的是幸福的笑容，而不是悲伤；

我渴望无论经历什么，我们都有走下去的勇气，因为每个爱我们的人都在为我们加油打气；

我渴望生命不再有漫长的严冬，我们的世界里永远都是温和的春天；

我渴望和每一个人在温暖中相拥，互相倾诉着命运的伟大，互相诉说着生命的美好！

愿我们每个人都能够懂得爱，愿我们每个人都能够分享爱，愿我们每个人都能够深爱着彼此，愿我们每个人都能过上最有爱的生活。

愿我们的世界永远和平，愿我们的未来充满希望，愿我们的信念生生世世不朽，愿我们能够与最温暖的世界相拥。

愿你能感受到，全世界都是我给你的爱。